Singrid
et la
Sorcière

NOUS SOMMES TOUS DIFFÉRENTS, DONC TOUS EXCEPTIONNELS.

PROVERBE ARAMÉEN

Éditions Play Bac, 14 bis, rue des Minimes, 75003 Paris ; www.playbac.fr

kinra girls

Singrid et la Sorcière

MOKA

ILLUSTRATIONS
ANNE CRESCI

playBac

Ce livre est, humblement, dédié
à deux grandes dames suédoises :

Selma Lagerlöf (1858-1940) qui a écrit *Le Merveilleux Voyage de Nils Holgersson*. Et merveilleux, il l'est...
Elle fut la première femme, et également le premier écrivain suédois, à recevoir le prix Nobel de littérature.

Astrid Lindgren (1907-2002) qui a créé *Fifi Brindacier*, dont les aventures ont enchanté des millions de lecteurs.
Elle fut à l'origine d'une loi interdisant les châtiments corporels infligés aux enfants.
Elle fut aussi une militante de la cause animale, s'insurgeant notamment contre certaines méthodes d'élevage et toutes formes de cruauté envers les animaux.

Mesdames, merci.

M.

Kumiko est japonaise.
C'est une peintre
talentueuse,
qui aime aussi la
photo et la mode.

Alexa est
australienne.
Elle monte à cheval
et souhaite devenir
championne
d'équitation.

Rajani est indienne. Elle adore danser, surtout les danses traditionnelles de son pays.

Naïma est américaine. Son père est américain et sa mère vient d'Afrique. Le cirque est sa passion.

Idalina est espagnole. Elle joue de la guitare et c'est une superbe chanteuse de flamenco.

Amie des Kinra girls

SINGRID

Dans la maison de Singrid

MIKKEL
le papa
de Singrid

GRETA
l'amoureuse de Mikkel
la sorcière ?

MARI
la cuisinière

Les Samis

ERIK
le mécanicien,
également chaman Sami

ANITTA
la femme d'Erik

JAN
le fils d'Erik et Anitta

Autre personne rencontrée lors du voyage

GUNNAR
le voisin de Singrid,
éleveur de chiens

PREMIÈRE PARTIE

La reine Greta

Chapitre 1

Des vacances qui s'annoncent bien… mais qui prennent un drôle de tour !

Les vacances de printemps approchaient, ce qui, pour beaucoup d'élèves, était l'occasion de rentrer à la maison. Naïma n'avait pas cette chance. Ses parents n'étaient pas riches et les billets d'avion coûtaient cher. Même si Naïma était déçue de ne pas revoir sa famille, elle était d'excellente humeur.

Des vacances qui s'annoncent bien…
mais qui prennent un drôle de tour !

Elle savait depuis quelque temps déjà qu'Idalina lui tiendrait compagnie la première semaine des vacances et ne retournerait chez elle que la seconde. Mais, la veille au soir, d'autres bonnes nouvelles s'étaient succédé. Alexa et Kumiko avaient appris que, cette fois-ci, elles devraient également rester à l'Académie Bergström. Et, cerise sur le gâteau, Rajani aussi ! Tôt ce matin-là, sa mère avait téléphoné pour prévenir qu'elle participait à des conférences sur la médecine… aux Bermudes, et que son mari l'accompagnait. Naïma comprenait la déception de ses amies, alors elle s'était efforcée de cacher sa joie. Impossible, cependant, d'effacer son sourire radieux. Elle avait déjà prévu de dormir dans la chambre d'Alexa quand Idalina serait à Séville. En revenant de son cours des arts du cirque, Naïma sautillait dans l'herbe. Ce n'était pas la brusque averse

de pluie qui allait la démoraliser. Elle était trop, trop contente ! Elle retrouva Idalina à la cafétéria. Naïma se servit un jus d'orange au distributeur avant de s'asseoir. Alexa ne tarda pas à les rejoindre.

– T'aurais pu te changer, protesta Idalina. Tu sens le cheval !

– Oui, répondit Alexa en s'asseyant. J'adore cette odeur !

– Ben, pas moi, râla Idalina en se bouchant le nez.

– Quoi de neuf, les filles ?

– On s'est vues il y a trois heures, répliqua Naïma. Que crois-tu qu'il se soit passé depuis ?

– Eh bien, dit Alexa en arborant un air mystérieux, peut-être beaucoup de choses...

– D'accord ! rit Naïma. Vas-y ! Qu'est-ce que tu sais qu'on ignore ?

– J'ai croisé Miss Daisy dans le hall et elle m'a chargée de vous prévenir que nous avions rendez-vous avec M. Meyer dans une demi-heure. Toutes les cinq.

– Pourquoi ? s'alarma Idalina. On a des problèmes ?

– Ce n'est pas l'impression que j'ai eue. Bon, je vais prendre une douche !

Alexa se leva et sortit. Kumiko et Rajani apparurent à leur tour. Mises au courant de la convocation chez le directeur, les deux nouvelles venues s'interrogèrent, comme leurs amies. Que leur voulait M. Meyer ?

– On n'a pourtant pas fait de bêtises depuis longtemps, remarqua Kumiko.

– N'imaginons pas tout de suite le pire ! s'exclama Rajani.

Naïma guettait l'heure sur l'horloge de la cafétéria. Au bout de vingt minutes, elle s'impatienta. Elle n'avait pas envie d'être en retard au rendez-vous et Alexa s'éternisait. Enfin, celle-ci se présenta sur le seuil.

Malgré ce qu'elle prétendait, Rajani s'inquiétait un peu. Aucun élève n'appréciait d'être appelé dans le bureau du chef d'établissement !

Miss Daisy les accueillit et les pria d'attendre.

Chapitre 1

M. Meyer était au téléphone. N'y tenant plus, Rajani demanda pourquoi elles étaient là. Miss Daisy refusa de répondre, mais elle ne réussit pas à cacher son sourire. Cela suffit à rassurer les Kinra Girls.

Un des voyants du téléphone de Miss Daisy s'éteignit, signalant que M. Meyer avait raccroché. La jeune femme frappa légèrement à la porte avant de l'ouvrir puis invita les filles à entrer. Elle les suivit.

Jazz remua la queue en apercevant Alexa. Il espérait qu'elle venait le chercher pour sa promenade !

Des vacances qui s'annoncent bien…
mais qui prennent un drôle de tour !

– Bonjour, mes enfants, les salua M. Meyer. Asseyez-vous. Du calme, Jazz. Tu sortiras dans un moment.

Il accompagna ses paroles d'une tape amicale sur la tête de son chien.

– Les vacances commencent vendredi prochain, reprit le directeur. La première semaine, vous restez toutes au château… à moins que non ?

Les Kinra Girls échangèrent des regards interloqués.

– Que non ? répéta Rajani. On ne comprend pas, monsieur.

– Eh bien, mes enfants, que penseriez-vous d'un petit voyage en… Suède ?

– Singrid ! s'écria Alexa en faisant un bond sur sa chaise. On va voir Singrid ! ***Bonzer***[1] ! Heu… désolée.

– Oui, acquiesça M. Meyer. Mais je dois vous avertir que la situation est compliquée. Le papa de Singrid m'a appelé car il ne sait

1. Bonzer *(en argot australien) : super, génial.*

plus quoi faire. Quand Singrid est retournée chez elle après son passage à l'Académie Bergström, elle était pleine de bonne volonté et tout allait bien. Hélas, depuis quelque temps, rien ne va plus. Singrid refuse d'aller à l'école, n'écoute personne, elle fugue et se réfugie dans la forêt. Dernièrement, elle a disparu pendant deux jours ! Il fait encore froid en Suède en cette saison, et la forêt est dangereuse, il y a des animaux sauvages. Le papa de Singrid sollicite votre aide, vous qui avez réussi à « apprivoiser » sa fille auparavant.

– C'est vrai qu'au début elle s'enfuyait et ne faisait que des bêtises[2] , se souvint Kumiko. Mais ça s'est arrangé par la suite.

Le visage d'Idalina s'assombrit. Singrid avait une bonne raison de se comporter ainsi. Elle avait perdu sa maman l'année précédente. Ses bêtises n'étaient que la conséquence de son chagrin.

– Vous sentez-vous capables d'affronter

2. *Voir le tome 9 des Kinra Girls,* Sur la piste du trésor.

ce problème ? demanda M. Meyer. J'ai conscience que c'est une lourde responsabilité pour des enfants. Vous êtes totalement libres de décliner l'invitation. On ne vous en voudra pas, rassurez-vous.

– Singrid est notre amie, répondit Rajani. On ne laisse pas tomber ses amis quand ils sont dans la détresse.

– Je n'en attendais pas moins de vous ! s'exclama M. Meyer. Miss Daisy s'occupe d'organiser votre séjour. Évidemment, nous avons contacté vos parents pour avoir leur accord.

– Déjà ? s'étonna Naïma. Vous étiez sûr qu'on dirait oui ?

M. Meyer sourit.

– Je vous connais. Maintenant, si vous vouliez bien sortir mon chien... Il ne tient plus en place !

– Ouais ! cria Alexa.

Son enthousiasme à l'idée de promener Jazz était

un brin excessif. En réalité, le « ouais » d'Alexa était un grand « oui » pour le voyage en Suède.

Chapitre 2

Vous avez dit « moins dix » ?

Avant le départ des Kinra Girls pour la Suède, M. Meyer avait obtenu quelques informations supplémentaires de la part de Mari, la cuisinière de Frederik Bergström, l'arrière-grand-père de Singrid. En fait, Mari n'était plus sa cuisinière depuis que le vieil homme avait quitté sa demeure au nord de la Suède. M. Bergström, le créateur de l'Académie, était très âgé et il avait dû se résoudre à emménager à Stockholm pour des raisons de santé. Mari, quant à elle, était restée dans la demeure familiale auprès du papa de Singrid, Mikkel.

Mari appartenait au peuple Sami, ou Same, que l'on connaît davantage sous le nom de Lapon. Il est désormais déconseillé d'employer le mot « Lapon » que les Samis considèrent comme insultant[3]. Same signifie « fils du soleil ». Les Samis appellent leur pays Sapmi, mais le nom « Laponie » est toujours utilisé. Leur territoire s'étend dans le nord de la Norvège, de la Suède, de la Finlande, jusqu'à la presqu'île de Kola, en Russie.
Mari était très attachée à la famille Bergström et s'était beaucoup occupée de Singrid après la mort de la maman de celle-ci. De retour en Suède, Singrid avait repris l'école. Elle était en pension pendant la semaine car sa maison était loin de tout, perdue dans les forêts profondes. Au début, tout semblait bien se passer. Singrid ne faisait (presque) plus de bêtises. Ella avait retrouvé sa gaieté. Et puis, brusquement, son comportement avait changé. Elle était redevenue sauvage, imprévisible et incontrôlable. Elle s'échappait de la pension dès qu'elle en avait

3. Lapon signifie « porteur de haillons ».

l'occasion. Le week-end, elle s'enfuyait dans la forêt. Et quand on avait enfin réussi à lui remettre la main dessus, elle s'enfermait dans sa chambre. La directrice de son école avait fini par refuser de la reprendre. Elle ne voulait pas être tenue pour responsable s'il arrivait quelque chose à Singrid pendant ses fugues. Même à Mari, Singrid ne se confiait pas. Elle se murait dans un silence hostile que personne ne comprenait. C'était d'autant plus inquiétant que Singrid prenait des risques en se cachant dans la forêt. Aux confins du cercle polaire, il faisait encore froid en avril. Et les habitants des lieux étaient, pour certains, très dangereux : des ours, des élans, des loups et des gloutons. On ne les croisait pas au détour de tous les chemins, bien sûr, mais ils étaient bien là ! Mikkel ne savait plus quoi faire. Mari avait alors eu l'idée d'inviter les Kinra Girls. Singrid lui avait souvent parlé de ses amies qui l'avaient tant aidée à surmonter son chagrin.

Chapitre 2

Dans l'avion qui les transportait vers la Suède, les cinq filles discutaient de tout ce que leur avait dit M. Meyer.

– Quand on était à Rome[4], se rappela Kumiko, Singrid paraissait aller tellement mieux ! Il a dû se passer quelque chose ensuite.

– C'est possible, concéda Rajani. Ou, simplement, être de nouveau dans cette maison isolée a ravivé de tristes souvenirs. Elle s'y sent peut-être très seule.

– Il faut qu'elle revienne à l'Académie Bergström ! s'exclama Alexa. Avec nous !

– C'est à son papa de décider, répondit Naïma. Il a sans doute besoin de Singrid auprès de lui. C'est dur pour lui aussi...

Idalina leva le nez du guide touristique qu'elle avait emprunté à Mme Beckett. Leur professeur d'anglais avait une réserve inépuisable de livres de ce genre !

– Vous croyez qu'on aura le temps de visiter Stockholm ? demanda-t-elle.

Alexa lui lança un regard interloqué.

4. *Voir le tome 16 des Kinra Girls,* Faites un vœu.

– Hé ! On n'est pas là pour jouer les touristes ! objecta-t-elle.

– Non, mais je pensais qu'on pourrait le faire avec Singrid. Vous avez remarqué ? Je ne suis plus malade en avion ! J'aimerais presque ça, maintenant !

La satisfaction d'Idalina ne dura que jusqu'à l'arrivée à l'aéroport de Stockholm. Un monsieur les accueillit au bas de l'escalier métallique de l'appareil avec une pancarte sur laquelle était écrit : « Kinra Girls ».

– ***God dag*** ! dit-il. ***Jag heter Lars***[5].

Devant leurs visages ahuris, il se mit à rire et ajouta :

– Moi, taxi !

Et il pointa le doigt en direction des bâtiments. Il désignait, en fait, un petit avion. Le taxi ! Comme la plupart des Suédois, Lars parlait anglais et était assez peu bavard. En revanche, il se montra très efficace. Il récupéra les bagages, fit monter les cinq filles dans l'avion taxi

5. God dag, jag heter Lars *(en suédois) : bonjour, je m'appelle Lars. Se prononce « gou dag, ya héteur Lars ».*

et s'assura que les ceintures de sécurité étaient correctement bouclées. Il leur donna les casques munis d'un micro, indispensables pour communiquer à cause du bruit des hélices. Lars attendit l'autorisation des contrôleurs du ciel avant de conduire son taxi sur la piste d'envol. Puis il mit les gaz et l'avion accéléra, accéléra, et décolla. Secouées dans tous les sens, les Kinra Girls serraient les dents... et les poings. Sauf Naïma. Quand l'avion eut atteint son altitude de croisière – et ce n'était pas très haut ! –, Naïma poussa une exclamation enthousiaste.

– C'est génial ! On voit tout ! Les maisons, les rivières, là ! Oh, c'est top génial, ***bonzer***, quoi !

– Ça remue trop... gémit Idalina. Je vais être malade.

Lars l'entendit et l'informa qu'il y avait un sac en papier dans la poche du siège devant elle. Pour essayer d'oublier son malaise, Idalina fixa son attention sur le paysage au-dessous d'eux. Et, finalement, l'enthousiasme de Naïma gagna

les autres. Les forêts aux couleurs sombres, les rubans argentés des rivières, les lacs miroitants et, dans le lointain, les silhouettes blanches des montagnes, offraient un spectacle grandiose sous l'éclatant soleil.

– C'est vrai que c'est beau, commenta Rajani. Ce qu'on aperçoit, là-bas, c'est… ce n'est pas de la neige, si ?

– ***Ja***[6], acquiesça Lars. Cercle polaire ! Votre destination !

– Mais, heu… et quelle température il fait, en ce moment ? s'enquit Kumiko.

– Moins dix ! répondit Lars en riant. Printemps en retard, cette année. Souvent comme ça.

– Heureusement que nous avons suivi le conseil de Miss Daisy d'emporter nos parkas et nos bottes, dit Idalina. Quand je pense qu'au château la prairie est en fleurs. Et nous revoilà en plein hiver !

– Oh, trop bien ! s'écria Alexa. J'adore la neige !

6. Ja *(en suédois) : oui. Se prononce « ya ».*

Chapitre 2

Naïma répéta à voix basse ces mots magiques : cercle polaire… Elle imaginait les grandes étendues glacées balayées par le blizzard, les phoques paressant sur la banquise, les bébés ours blancs jouant à se bagarrer et les troupeaux de rennes menés par les Samis.

– Mais c'est quoi, exactement, le cercle polaire ? demanda-t-elle.

– C'est la limite de la zone arctique, expliqua Lars. Comme si on avait tracé une ligne tout autour du pôle Nord. Un peu comme l'équateur marque le milieu de la Terre. En Suède, il n'y fait pas si froid que ça. Moins vingt, en moyenne ! C'est parce qu'il y a un courant chaud dans l'océan, le Gulf Stream. On a plus de chance qu'en Alaska !

Lars, pensant sans doute qu'il avait beaucoup trop parlé, se tut jusqu'à l'atterrissage. Les Kinra Girls n'avaient jamais vu un aéroport aussi petit. Une seule piste, très courte, et un simple hangar en guise de tour de contrôle !

On avait dégagé la neige que l'on retrouvait

en impressionnants monticules de part et d'autre de la piste. Lars était un pilote expérimenté et il avait l'habitude de poser son taxi dans des endroits difficiles. L'appareil cahota sur l'asphalte détérioré par de longs mois de gel, puis s'immobilisa devant le bâtiment. Lars coupa les gaz, défit son harnais et aida les filles à descendre. Idalina s'empressa de fermer son manteau. Même au soleil, il faisait un froid... polaire !

– Merci, Lars ! dit poliment Rajani.

– À la prochaine fois, répondit le pilote. ***Adjö***[7] ***!***

La silhouette emmitouflée d'une femme apparut au seuil du hangar. Elle adressa des grands signes aux Kinra Girls.

– Ce doit être Mari, supposa Kumiko.

Idalina, sachant que Mari était Sami, s'attendait à la voir en costume traditionnel, en peau brodée de perles multicolores. Mari portait un jean et des Moon Boot©, un anorak épais et une toque en fourrure dont dépassaient des cheveux

7. Adjö *(en suédois) : au revoir. Se prononce « ayeu ».*

noirs et courts. Ce que l'on remarquait, d'abord, était son immense sourire qui éclairait un visage buriné par le rude climat.

Mari n'avait pas le tempérament plutôt réservé et calme des Suédois. Elle se précipita vers les enfants et les embrassa chaleureusement tour à tour.

– Que je suis contente de faire enfin votre connaissance ! J'ai tellement entendu parler de vous ! Et c'est si gentil d'être venues !

– Comment va Singrid ? s'informa Rajani.

Les yeux de Mari s'assombrirent un bref instant. Mais elle sourit presque aussitôt.

– Maintenant que vous êtes là, je suis sûre que tout ira mieux...

Mari n'ajouta pas que Singrid s'était encore échappée dans la forêt.

Chapitre 3

La maison du lac

Mari conduisait un gros véhicule tout-terrain, indispensable dans une région au climat aussi rude. Sur la route, elle donna les dernières nouvelles aux Kinra Girls.

Singrid, apprenant que ses amies lui rendaient visite, s'était montrée très heureuse. Durant quelques jours, elle parut apaisée. Hélas, le départ de Mikkel, son papa, pour raisons d'affaires, avait entraîné une « rechute ». Singrid s'était réfugiée dans la forêt.

– Mais il fait affreusement froid ! s'affola Idalina. Et les ours, alors ?

– Il y a des cabanes de pêcheurs dans les bois, répondit Mari. Malgré tout, il n'y a pas de chauffage. Et je ne crois pas qu'on ait vu un ours par ici depuis vingt ans !

– Et vous n'avez pas cherché Singrid ? demanda Kumiko.

– Si, si ! C'est Gunnar qui s'en occupe !

Gunnar était leur plus proche voisin et un grand ami de Mari. Il élevait des chiens. Il était bien connu des touristes, qu'il promenait en traîneau. Mari quitta la route principale pour s'engager sur un chemin particulièrement cahoteux. Naïma regardait les arbres. Comme ceux-ci étaient impressionnants ! Singrid n'était vraiment pas peureuse pour s'aventurer seule dans cette gigantesque forêt où le soleil ne pénétrait pas. Naïma poussa une exclamation d'émerveillement quand la voiture déboucha soudain dans une clairière. Une belle et grande maison en bois était

construite au bord d'un magnifique lac gelé. Mari les mit en garde : il ne fallait pas marcher trop près de la rive où la neige et la glace pouvaient cacher de dangereux trous d'eau. Kumiko tournoyait sur elle-même pour admirer le paysage. Elle se félicita d'avoir emporté sa caméra et son appareil photo. Elle allait faire de superbes images, ici ! Soudain, elle s'immobilisa. Puis pointant un doigt tremblant, elle cria :

– Un loup ! Il y a un loup !

– C'est Lilla[8] ! dit Mari en riant. Gunnar ne doit pas être loin.

Elle expliqua que Lilla était un chien d'élan suédois. Très courageux, ces chiens ne reculaient ni devant les ours, ni devant les élans. Ils ressemblaient à des loups, effectivement, mais ils étaient trahis par leur queue enroulée sur le dos, bien différente de celle des loups.

Lilla s'approcha à longues enjambées souples. Kumiko se cacha derrière Alexa.

– Ben quoi, t'as la trouille ? lui demanda celle-ci. Tu as pourtant l'habitude avec Jazz !

– Il ne s'attaque pas aux ours, lui… murmura Kumiko.

– Peut-être seulement parce qu'il n'en a jamais eu l'occasion ! plaisanta Alexa.

– Ne craignez rien, leur assura Mari. Ces chiens adorent les enfants !

8. *Se prononce « Lil-la ».*

Lilla se précipita sur elle pour lui faire fête puis salua les nouvelles venues… en leur sautant dessus pour leur lécher le visage. Alexa trouva ça très marrant. Kumiko, pas du tout. Néanmoins, elle ne voulait pas que l'Australienne en profite pour se moquer d'elle. Alors, elle tapota la tête du chien en répétant :

– Oui, oui, brave fille, t'es gentille, brave fille…

– C'est un mâle, remarqua Alexa.

– Lilla ? Ce n'est pas un nom de garçon, ça ! rétorqua Kumiko.

– Ça signifie « petit », dit Mari.

Kumiko contempla le chien qui était tout sauf petit, et qui était un mâle avec un prénom de fille. Elle en déduisit que les Suédois étaient des gens bizarres.

La haute silhouette d'un homme apparut à la lisière du bois. Il marchait rapidement sur la neige avec des raquettes, en s'aidant avec des bâtons de ski. Lilla courut aussitôt vers lui. Les Kinra Girls devinèrent que ce grand costaud

à la barbe hirsute était Gunnar.
Les présentations faites, Gunnar annonça que Singrid s'était réfugiée dans une cabane près de la rivière qui traversait la forêt.

– Elle refuse d'en sortir, dit Gunnar. Je crois qu'elle attend que vous veniez la chercher. Je peux vous y conduire tout de suite.

– Elle veut attendre ? Qu'elle attende ! se fâcha Mari. On n'est pas à ses ordres ! Ces enfants arrivent d'un long voyage. Elles ont besoin de se reposer, de se réchauffer et de se restaurer !

– Non, ça va, nous ne sommes pas fatiguées, affirma Rajani.

Mais Mari ne voulut rien entendre. Un peu égoïstement, Idalina se réjouit d'entrer dans la maison. Elle était transie de froid !
Tout le monde se déchaussa dans le hall.
On aligna les grosses bottes recouvertes de neige sale le long du mur. Ce fut en chaussettes qu'on se rendit dans la salle à manger. Mari proposa du

café à Gunnar. Le ***fika***[9] est une tradition en Suède. Pour les enfants, le thé faisait aussi bien l'affaire. Mari disparut dans la cuisine et revint avec un plateau chargé de petites brioches rondes. Un parfum presque enivrant emplit la pièce.

– Hum... fit Naïma en humant l'air. Qu'est-ce que c'est ?

– Des ***kanelbullar***[10], répondit Mari. C'est à la cannelle.

Kumiko demanda la permission de sortir de table pour aller chercher son appareil photo dans son sac. Il fallait absolument qu'elle photographie la pile de ***kanelbullar*** !

– N'y touchez pas jusqu'à mon retour, hein ? pria-t-elle. Naïma !

Prise en faute, Naïma reposa sa brioche.

Mari devait retourner à la cuisine pour préparer les boissons. Rajani lui proposa leur aide que Mari accepta volontiers. Elle chargea les filles d'apporter bols, cuillères et assiettes. Kumiko photographia la table dressée ainsi que les convives.

9. Fika *(en suédois) : pause café ou goûter, souvent composé de café et de gâteaux, que l'on prend parfois plusieurs fois par jour.*

10. Kanelbullar *au pluriel,* Kanelbulle *au singulier (en suédois) : roulé(s) à la cannelle.*

– Ça suffit, peut-être ? remarqua Naïma. Tu dois déjà avoir quarante photos de ***kanelbullar*** !

– Heu, oui, admit Kumiko. Merci d'avoir patienté.

Silencieux, Gunnar observait les Kinra Girls. D'une nature réservée – en cela un Suédois typique –, il n'accordait pas sa confiance à n'importe qui. Ce qu'il voyait avait tout pour le satisfaire. Et c'était probablement le solide appétit de Naïma qui lui plaisait le plus !

Idalina surveillait l'heure sur l'imposante horloge de style campagnard qui trônait dans la pièce. Elle imaginait Singrid dans sa cabane, le blizzard glacial qui secouait les murs, les ours qui rôdaient alentour…

– On devrait peut-être aller chercher Singrid, suggéra-t-elle timidement.

– Rien ne l'empêche de rentrer, répliqua Mari.

– Et si elle ne revient pas ?

demanda Alexa. On la laisse toute la nuit dehors ?

– Ce ne serait pas la première fois ! Elle sait que vous êtes là. La moindre des choses aurait été de vous accueillir ! Elle commence vraiment à m'énerver !

Rajani s'essuya soigneusement les doigts sur sa serviette en papier avant de prendre la parole.

– On connaît Singrid ! Elle est têtue. Il est grand temps d'avoir une sérieuse conversation avec elle.

– Gare à Rajani quand elle est en colère ! dit malicieusement Alexa.

– Je ne suis pas en colère, rétorqua Rajani. Mais ça ne va pas tarder !

– Parfait ! approuva Mari.

Idalina regarda Mari et Rajani tour à tour. Même si celles-ci ne se ressemblaient ni par le physique ni par l'âge, elles étaient étonnamment identiques par le caractère !

– Alors, allons-y, déclara Gunnar.

Lilla, qui patientait couché sur la neige, se leva d'un bond dès qu'il aperçut son maître. Gunnar chaussa ses raquettes.

– J'espère qu'on aura l'occasion d'apprendre à marcher avec des raquettes, souhaita Naïma.

– Tout de suite me paraît une bonne idée, lui répondit Gunnar.

– Oh oui ! s'enthousiasma Alexa. Trop cool !

– Je ne vais jamais y arriver… soupira Kumiko.

– C'est beaucoup plus facile que tu ne le crois, lui certifia Gunnar.

C'était sûrement vrai pour un Suédois…

Mari, qui les avait accompagnés à l'extérieur, ouvrit une porte sous le porche de la maison. C'était celle d'une remise où s'entassaient des skis, des raquettes, des luges et même un grand traîneau.

Gunnar et Mari aidèrent les filles à attacher les raquettes à leurs pieds. Les bâtons de ski

n'étaient pas réellement nécessaires. Gunnar s'en servait pour avancer plus rapidement. Pour les débutants qui craignaient de perdre l'équilibre, les bâtons étaient rassurants. Une fois qu'elles furent habituées

à la largeur des raquettes qui leur donnait une démarche « en canard », les Kinra Girls apprécièrent de glisser sur la neige plutôt que de s'y enfoncer. Et c'était franchement amusant !
Quand le groupe pénétra dans la forêt, les conversations cessèrent brusquement.
Sous les branches enchevêtrées, l'obscurité régnait, la neige paraissait noire comme si les ténèbres s'y reflétaient.
Seul le bruissement des raquettes sur la neige verglacée rompait le silence profond. Il semblait n'y avoir aucune vie à des kilomètres alentour.
Il ne fallut que cinq minutes pour qu'Idalina se sente totalement perdue. Avait-elle peur ?
Pas du tout. Elle découvrait un territoire inconnu et se rêvait chasseur de loups.
À ses côtés, son fidèle compagnon respirait fortement. Rebaptisé Tueur d'Ours dans l'imagination d'Idalina, Lilla jouait parfaitement son rôle. Le soleil s'embrasa soudain et vira au rouge sang.

Chapitre 4

Incorrigible Singrid !

La forêt se teinta d'improbables couleurs, ni vertes ni bleues, ni blanches ni noires. Une étrange lumière diffuse défiait une obscurité tout aussi étrange où plus rien ne semblait réel.

Kumiko s'arrêta pour photographier.

Elle « mitrailla » en rafale tout autour d'elle puis reprit sa marche. Elle vérifierait le résultat plus tard.

Idalina, enchantée comme dans un conte de fées, trébucha sans toutefois tomber.

Ce rude retour à la réalité ne rompit pourtant le charme que l'espace d'un instant.

À la faveur d'une petite clairière, les rayons du soleil flamboyant illuminèrent soudain le cœur de la forêt. Idalina voyait danser les arbres dans un tourbillonnement de gouttelettes étincelantes et miroitantes, comme si une pluie d'or et d'argent était suspendue dans l'air par la magie d'un espiègle sorcier. Cet incroyable spectacle cloua les Kinra Girls sur place.

– Mais qu'est-ce que c'est ? s'exclama Rajani.

– Ce que vous apercevez, ce sont de minuscules particules de glace qui flottent dans l'atmosphère et que le soleil éclaire, expliqua Gunnar.

– Plus fort que les effets spéciaux dans les films ! commenta Naïma.

Sa remarque rappela à Kumiko qu'elle avait un appareil photo. Idalina garda le silence, tout à son émerveillement. Elle était vraiment dans un conte de fées !

Gunnar les tira de leur contemplation.

Il se faisait tard et traverser les bois la nuit n'était

pas recommandé.
La cabane où s'était réfugiée Singrid se trouvait à proximité. Celle-ci dut les entendre approcher car elle entrouvrit prudemment la porte.
– Ah, quand même, ce n'est pas trop tôt ! leur cria-t-elle.
Ça ne plut pas du tout à Rajani.
– Bonjour à toi aussi, rétorqua-t-elle sur un ton acerbe.
Singrid comprit aussitôt le message.
– Heu oui, pardon, je ne voulais pas dire ça comme ça... C'est juste que j'étais impatiente de vous revoir ! Venez, entrez !
– Ah non ! répondit Rajani. Toi, tu sors ! Mari nous attend et je suis sûre que Gunnar voudrait rentrer chez lui, maintenant !
Gunnar la regarda avec amusement.

Chapitre 4

Aucun doute, cette petite n'était pas du genre que l'on mène par le bout du nez ! Singrid adopta une attitude entre effronterie et bouderie.

– Je suis bien ici... bougonna-t-elle.

– D'accord, t'as qu'à y rester ! lui lança Rajani en faisant demi-tour.

Alexa retint une envie de rire quand Singrid supplia qu'on lui laisse le temps d'attacher ses raquettes.

Gunnar pressa le pas. Il savait la forêt dangereuse à la tombée du jour et il n'avait pas son fusil. Lilla était en alerte, les oreilles dressées à l'écoute du moindre bruit. Le rythme imposé par Gunnar coupa la parole aux filles, jusqu'à ce que Kumiko se plaigne d'un point de côté. Gunnar ralentit et s'excusa. Il avait oublié qu'il avait affaire à des enfants ! Lilla fit une brusque volte-face et montra les dents. Un grondement sourd sortit de sa gorge. Idalina, effrayée, saisit le bras de Naïma qui se tenait près d'elle.

D'instinct, Alexa leva son bâton de ski en un geste de défense.

Gunnar scruta attentivement les ténèbres puis indiqua une direction. Un craquement annonça que quelque chose se déplaçait derrière les arbres…

– Ne bougez pas, chuchota Gunnar.

Idalina écarquilla les yeux. La peur la quitta quand elle aperçut l'énorme silhouette de la bête qui s'éloignait tranquillement. Lilla cessa de gronder.

– Un élan, j'ai vu un élan, dit Naïma, totalement abasourdie.

Alexa abaissa son bâton. Un herbivore !
Pas de quoi s'affoler.

– Tu ne l'aurais pas fait fuir avec ça, remarqua Gunnar. Mais j'admire ton courage.

– Ce n'est jamais qu'un genre de grosse vache, répliqua Alexa, flattée malgré tout.

– Qui peut tuer un loup d'un coup de sabot, repartit Gunnar.

Alexa s'efforça de sourire. Et se réjouit intérieurement que l'élan fût déjà loin !

Le ciel s'assombrit au-dessus des arbres. Même si la fatigue se faisait désormais sentir, les Kinra Girls suivirent leur guide sans traîner. Singrid avançait, le visage fermé, comme absente.

Mari avait allumé les lampes sous le porche. Emmitouflée dans un gros manteau, elle guettait le retour des enfants. Elle soupira de soulagement quand les petites silhouettes apparurent. Pour ne pas avoir l'air de s'être inquiétée, elle rentra dans la maison.

Quand Singrid franchit la porte, elle se retrouva face

à Mari, les bras croisés et l'œil sombre. Mais celle-ci ne lui adressa pas la parole. Elle proposa à Gunnar de rester dîner. Il déclina l'invitation. Il y avait une meute de chiens affamés qui l'attendaient !

– Comment on dit « merci » ? s'informa Idalina.

– ***Tack***[11], répondit Mari.

– ***Tack***, Gunnar, et… ***adjö !***

Gunnar sourit et salua la compagnie. Il disparut avec son chien dans l'obscurité de la nuit naissante.

– J'ai installé des lits de camp dans la chambre de Singrid, dit Mari. Je suis sûre que vous préférez être ensemble ! Montez vous rafraîchir avant de passer à table. Le dîner est prêt !

En Suède, on dîne à 18 heures et il était bien plus tard que ça. Quand les filles se présentèrent dans la salle à manger, Mari servait la soupe dans les assiettes creuses. Alexa contempla le liquide d'un vert très sombre dans lequel nageait un œuf dur.

11. Se prononce « takk ».

– C'est de la soupe à quoi ? demanda-t-elle à Mari.

– C'est de… ah, voyons, je ne connais pas la traduction de ce mot ! Ce sont des plantes qui poussent un peu partout… et qui piquent !

Naïma, qui s'apprêtait à avaler sa première cuillerée de soupe, laissa sa main en suspens.

– Heu… ce ne sont quand même pas des… orties ?

– Ah si, c'est ça ! Des orties ! C'est une soupe traditionnelle de chez nous ! Pas de panique, quand c'est cuit, ça ne pique plus !

Rassurée, Naïma finit son geste. Kumiko observa attentivement son visage.

– Hum… fit Naïma. C'est très bon !

La longue marche dans la neige et le froid avait ouvert l'appétit des Kinra Girls. La soupe fut vite mangée. Il y avait ensuite des pâtes au saumon fumé. Si les pâtes n'ont rien de suédois, le saumon, en revanche, est un digne représentant de la cuisine du pays.

L'excitation avait tenu les filles éveillées jusque-là.

Maintenant, la fatigue leur tombait dessus. Naïma se frotta les paupières. Kumiko n'en finissait plus de bâiller. Idalina sentait à présent des crampes douloureuses dans ses mollets.

– Vous avez besoin d'une bonne nuit de sommeil, dit Mari. Allez, filez !

Les Kinra Girls la remercièrent et suivirent Singrid à l'étage. La grande maison possédait trois salles de bains. Ce qui était bienvenu quand on est six à prendre une douche !

En entrant dans la chambre de Singrid, Idalina repéra aussitôt l'imposant cheval de bois peint de couleurs vives.

– Oh ! Comme c'est joli ! s'exclama-t-elle.

Singrid lui expliqua que c'était le cheval de Dalécarlie, du nom d'une région au centre de la Suède. On pense, mais ce n'est peut-être qu'une légende, que les bûcherons, s'ennuyant le soir dans les forêts, se distrayaient en sculptant des animaux dans des morceaux de bois. Ainsi serait né ce cheval à la forme très simple. Plus tard, on songea à le peindre et il rencontra alors un immense succès, au point d'en devenir un symbole du pays.

Le cheval de Dalécarlie existe dans toutes les tailles, pour la plus grande joie des touristes.

Épuisée, Kumiko s'allongea sur un des lits et ferma les yeux. Ah, dormir ! Hélas, Rajani en avait décidé autrement.

– C'est très intéressant, cette histoire de petit cheval, mais on n'est pas venues jusqu'ici pour discuter de l'artisanat local !

Alexa se mordilla les lèvres. Oh là… Rajani n'était pas contente du tout !

– Qu'est-ce que c'est que ces bêtises ? poursuivit celle-ci. Tu t'enfuis de l'école ? Tu te caches dans les cabanes des pêcheurs ?

Tu te montres insolente avec tout le monde ?

– Oui, mais non… bégaya Singrid, tu ne comprends pas… c'était le seul moyen…

– Le moyen pour quoi ? tonna Rajani.

– Pour vous faire venir.

La réponse de Singrid laissa Rajani sans voix.

– Et tu ne pouvais pas nous inviter, comme le font les personnes normales ? demanda Alexa.

– Non ! cria Singrid. Je ne pouvais pas ! Parce qu'on ne m'écoute pas, voilà !

Singrid s'assit brutalement sur son lit, croisa les bras et commença à bouder.

– J'ai du mal à croire que Mari ne t'écoute pas, remarqua Naïma.

– Pffut ! fit Singrid en haussant les épaules. C'est une adulte !

Idalina pencha la tête sur le côté. Il lui parut évident que Singrid parlait de quelque chose de bien précis.

– Dis-nous ce qui se passe, la pria-t-elle.

– Il faut que vous m'aidiez, répondit Singrid.

– À quoi ? s'enquit Kumiko, soudain réveillée.

– À me débarrasser de la sorcière.

Chapitre 5

Singrid et sa sorcière

Kumiko s'assit sur son lit de camp, tout à fait réveillée cette fois. Naïma songea à Baba Yaga, la sorcière des contes russes dont lui avait parlé Dmitri. La sorcière de Singrid avait-elle, elle aussi, des dents en fer et une maison qui marchait sur des pattes de poule ?

– Qu'est-ce que tu racontes ? demanda Rajani à Singrid.

– Elle s'appelle Greta. Tout le monde la trouve si belle, si charmante ! Moi, je la vois comme elle est ! C'est la Reine des neiges[12]. Elle a un cœur de glace.

12. *La Reine des neiges est l'un des personnages principaux du conte éponyme de l'auteur danois Hans Christian Andersen.*

– La Reine des neiges n'est pas méchante, remarqua Idalina.

– Celle du dessin animé, non ! rétorqua Singrid. Ce n'est pas la vraie histoire. La Reine des neiges enlève un petit garçon, Kay, et le transporte dans son palais dans le Grand Nord.

– Et qu'est-ce qu'il lui arrive ? s'enquit Idalina.

– Son amie Gerda part à sa recherche et le sauve.

– Hello ! fit Alexa. On pourrait en revenir à la sorcière ?

– Greta a ensorcelé mon papa, marmonna Singrid, la mine sombre.

Rajani soupira. Voilà ! Maintenant, elle comprenait !

– C'est son amoureuse, c'est ça ? supposa Idalina.

– Oh, je sais ce que vous allez me dire ! Mais non, Singrid, Greta ne va pas remplacer ta maman ! Regarde, grâce à Greta ton papa a retrouvé le sourire ! Ça te fait plaisir, n'est-ce pas ? Et elle est si gentille, elle a toujours des cadeaux pour toi, tu es contente, hein, tu es

contente ?
– Apparemment pas… murmura Alexa.
– Je ne suis pas aveugle, moi ! Je n'en veux pas, de ses cadeaux ! Qu'est-ce qu'elle croit, la Reine des neiges ? Qu'elle peut m'acheter ? Et s'il vous plaît, ne me faites pas la leçon ! J'y ai déjà eu droit de la part de Mari. Elle est envoûtée, elle aussi ! Alors, je n'ai plus rien dit et, chaque fois que Greta vient chez moi, je fais semblant d'adorer toutes ces saletés qu'elle m'offre. Et quand papa est parti en Norvège pour ses affaires, j'ai commencé à fuguer. Comme ça, personne n'a fait le rapport avec Greta. C'est malin, non ?
– Malin ? répéta Naïma. Qu'est-ce que tu espérais obtenir ?
– Ben, que vous veniez ! Papa et Greta seront là demain. Vous verrez par vous-mêmes que j'ai raison. Greta cache bien son jeu mais j'ai deviné ses intentions. Ce qu'elle veut, c'est mettre la main sur la fortune des Bergström !

Chapitre 5

– Ce n'est pas parce que ton papa est riche que Greta n'a pas de sentiments sincères pour lui, répondit Kumiko.

– Je suis sûre qu'elle cherche à me tuer.

– Singrid ! s'exclama Rajani. Tu ne peux pas affirmer une chose pareille !

– J'en ai eu la preuve, rétorqua Singrid. Il y a deux mois, Gunnar nous a emmenées faire une promenade en traîneau, elle et moi. Les chiens étaient lancés à pleine vitesse. À un moment, le traîneau a tourné un peu

brutalement et il a décollé d'un côté. Greta en a profité pour me pousser ! Je suis tombée. J'ai eu de la chance. La neige était fraîche du matin et n'avait pas encore gelé. Autrement, je me serais brisé les os ! Et après, Greta a joué l'affolement et elle a eu le culot de prétendre qu'elle avait essayé de me retenir ! C'est un mensonge, elle m'a éjectée du traîneau !

– Oooooh, c'est horrible ! s'exclama Idalina, épouvantée.

Elle ne mettait pas en doute le récit de Singrid. Elle imaginait d'ailleurs très bien la scène ! Les chiens haletants, le traîneau fonçant dans la nuit polaire, la petite fille terrorisée et la Reine des neiges grimaçant un sourire cruel !

– Et Gunnar ne s'est aperçu de rien ? demanda Kumiko, perplexe.

– Il était occupé à diriger son attelage, il ne faisait pas attention à nous. Et puis, il est comme les autres. Il est sous le charme de Greta.

Rajani échangea un regard avec Naïma. Elle devina à la tête de celle-ci qu'elle n'était pas non plus convaincue. Tout de même, accuser Greta de tentative de meurtre, c'était aller un peu loin ! Leur amie était simplement triste, peut-être jalouse, et certainement en colère. Ce n'était pas facile d'accepter que son père soit de nouveau amoureux. Mais Rajani ne voulait pas contrarier Singrid. Aussi prit-elle garde aux mots qu'elle employa.

– D'accord, dit-elle. Puisque Greta sera là demain, nous observerons son comportement attentivement.

Alexa leva un sourcil interrogateur. Quelle drôle de façon de s'exprimer ! N'étant pas franchement du genre subtil, elle déclara avec fermeté :

– Ouais, bon, si elle cherche les problèmes, elle va les trouver, Sa Majesté Crème Glacée !

Elle réussit à faire rire Singrid. Un rire trop sonore qui attira Mari dans la chambre. Les poings sur les hanches, l'air faussement fâché, Mari leur intima l'ordre de dormir.

– Et si vos paupières ne sont pas fermées dans cinq minutes, le tomte de la maison viendra vous tirer les oreilles !

– Ça m'étonnerait, répliqua Singrid. Les tomtes sont gentils, ils aident le Père Noël !

– Peuh ! fit Mari. Les tomtes existent depuis bien plus longtemps que lui !

– Ben, c'est surtout que le Père Noël n'existe pas du tout, remarqua Alexa.

Idalina pria Mari de leur expliquer ce qu'était un tomte. Les tomtes appartiennent à la grande famille des lutins. Souvent représentés comme de petits vieillards à la barbe blanche, certains semblent avoir la faculté de se rendre invisibles ou de changer de forme. Ils doivent beaucoup de leur célébrité au livre de l'écrivain Selma Lagerlöf, *Le Merveilleux Voyage de Nils Holgersson.*
Ils sont plutôt bienveillants, mais comme on le voit dans l'histoire de Nils, ils n'hésitent pas à punir les méchants enfants[13].

13. Le tomte réduit Nils à la taille d'un tomte pour le punir de sa paresse et de sa méchanceté. C'est ainsi que Nils peut voyager sur le dos des oies sauvages.

Chapitre 5

Même si le Père Noël leur a un peu volé la vedette, on continue, en Suède, de raconter que les tomtes distribuent les cadeaux le soir de Noël. Leur méthode est bien étrange : ils frappent à la porte, jettent les cadeaux à l'intérieur et se sauvent ! On n'oublie pas pour autant de les remercier en laissant sous le porche un bol de riz au lait, dont les tomtes raffolent. Les tomtes sont, avant tout, les protecteurs des fermes et de leurs habitants, et également des enfants... quand ils sont sages ! Ils aiment vivre auprès des hommes, dans les greniers, les étables, où ceux qui savent regarder peuvent les apercevoir.

– Toute bonne maison suédoise se doit d'avoir son tomte, dit Mari. Celui-ci se montrera généreux envers les personnes qui le méritent. Prenez garde, cependant, de ne pas le fâcher ! Vous le regretteriez. Le tomte risque de déménager. La chance, alors, vous abandonnera.

Mari éteignit les lumières et referma la porte en sortant. En se glissant sous ses couvertures, Idalina sourit. Elle commença à inventer les aventures de Lars, le chasseur de loups, de son chien Tueur d'Ours, de la belle Reine des neiges dont Lars aura la mauvaise idée de tomber amoureux... et Idalina s'endormit avant d'avoir fini de se raconter son histoire.

Kumiko bâilla et se retourna. Puis se souvint brusquement où elle était. Pas question de perdre son temps à dormir alors qu'elle avait tant de photos à prendre !

– Debout, là-dedans ! cria-t-elle.

Alexa sauta hors du lit.

– Ouais ! Debout, camarades ! Il fait jour !

Singrid se redressa et ramassa son réveil sur sa table de chevet.

– Heu, oui, ça c'est sûr... répondit-elle.

Je vous rappelle qu'on est tout près du cercle polaire. En cette saison, le soleil se lève à 3 heures et demie…

– Du matin ? s'exclama Naïma. Kumiko, tu nous as réveillées au milieu de la nuit !

– Ben, techniquement, non, contesta Kumiko, puisqu'il fait jour.

– 3 heures et demie ! beugla Naïma en rabattant la couverture sur sa tête.

Rajani n'avait pas bougé d'un centimètre. Idalina s'était assise. Elle échangea des regards avec Alexa et Kumiko.

– Vous pouvez vous rendormir, vous ? demanda-t-elle. Moi, aucune chance…

– Dehors ! leur ordonna Naïma de sous sa couverture.

– D'accord, d'accord, dit Alexa. Profitons-en pour utiliser la salle de bains.

Les trois filles choisirent des vêtements propres dans leurs sacs et se glissèrent hors de la chambre.

– On a l'air malin avec nos fringues sous

le bras ! gloussa Kumiko.

Idalina eu beau faire des « chut, chut », le fou rire les gagna.

– Vite, à la douche ! supplia Alexa entre deux éclats de rire.

La toilette une fois terminée, elles se retrouvèrent dans le couloir. Alexa avait envie de sortir, de sentir le froid mordant, de s'enfoncer jusqu'aux genoux dans la neige, de marcher jusqu'aux rives gelées du lac. Rencontrant une forte opposition de la part d'Idalina, elle accepta de se contenter de contempler le paysage vu du porche.

Emmitouflées dans leurs grosses parkas, elles assistèrent à un magnifique spectacle. Au fur et à mesure que le soleil montait dans le ciel, les cimes enneigées des arbres passaient du bleu sombre au violet, puis du rose au blanc argenté.

Sur le petit écran de son appareil photo, Kumiko saisit quelque chose qui bougeait près de la lisière. Elle appuya sur le déclencheur, sans prendre le temps de zoomer.

– Voilà Lilla ! Ah, dommage, il est déjà parti !

– Ce n'était pas Lilla, dit Alexa. Celui-là était blanc !

– C'est bien possible, admit Kumiko. Gunnar a plusieurs chiens, non ?

Elle montra sa photo à Idalina. Malheureusement, l'image était floue et sombre. On distinguait avec peine une silhouette dans l'ombre des arbres. Alexa saisit l'appareil d'un geste un peu brusque, déclenchant les protestations de Kumiko.

– Ce n'est pas un chien de traîneau ! s'écria-t-elle. Il n'a pas la queue enroulée sur le dos !

Idalina scruta l'obscurité profonde sous les arbres. Comme elle aimerait que l'animal revienne ! Mais la bête avait disparu pour de bon. Kumiko sursauta de peur quand une voix s'éleva derrière elle.

– Ah ça ! Qu'est-ce que vous faites debout à une heure pareille ?

– On a aperçu un loup ! déclara Alexa, enthousiaste.

– Ça m'étonnerait, répondit Mari. Il n'y en a pas par ici.

Alexa lui colla l'appareil photo sous le nez. Mari eut une moue dubitative devant le cliché sur lequel il n'y avait pas grand-chose à voir, puis secoua la tête.

– Un des chiens de Gunnar. Ils s'échappent souvent de leur enclos !

– Si, c'est un loup ! contesta Alexa.

Mari fit non de la tête une seconde fois. Elle invita les filles à l'aider à préparer le petit déjeuner. Pendant qu'elles ôtaient leurs bottes, Kumiko se moqua d'Alexa.

– Tu t'es trompée ! Ce n'est pas ta faute, ta spécialité, ce sont les crocodiles !

– Je ne me suis pas trompée, rétorqua Alexa, vexée.

– Oui, évidemment, tu t'y connais mieux que Mari qui est née ici ! ricana Kumiko.

Alexa haussa les épaules. La Terre entière pouvait lui dire qu'elle avait tort, elle savait qu'elle avait raison.

Chapitre 6

La reine Greta

Le beau soleil attira les filles dehors, malgré une température réellement polaire. Mari enseigna les bases du ski de fond aux Kinra Girls. Elles apprirent à marcher avec les longs skis, ce qui n'était pas si difficile. En revanche, dès qu'il y avait une pente, même légère, les chutes furent fréquentes.

Mais personne ne se fit mal et tout le monde s'amusa beaucoup, y compris Mari.

Tout à coup, le vent se leva, charriant de gros nuages noirs à l'aspect menaçant.

L'heure du déjeuner approchant, on rentra à la maison.

Dans le hall, Rajani s'intéressa au baromètre. Il indiquait une impressionnante chute de la pression.

– Tu y comprends quelque chose ? lui demanda Idalina.

– Je n'ai pas besoin d'être météorologue pour savoir que si l'aiguille est sur « tempête », c'est mauvais signe ! répondit Rajani.

– C'est étrange, remarqua Mari. Je n'ai pas entendu à la radio que le temps allait changer aussi brutalement. Enfin, pour le moment, il ne neige pas. La route est toujours dégagée. Mikkel ne devrait plus tarder.

Les mâchoires de Singrid se crispèrent. Son père ne serait pas seul… Greta l'accompagnait. Mari pria les enfants de mettre le couvert. Elle prépara rapidement une omelette au saumon. Naïma était un peu déçue. Encore du saumon.

– Ça se mange, l'élan ? s'informa-t-elle.

– Bien sûr, dit Mari. C'est une viande

des plus succulentes. C'est délicieux avec des morilles. Pourquoi fais-tu cette tête, Alexa ?

– Je suis végétarienne.

– Oh ! s'écria Mari. Tu aurais dû me prévenir ! Veux-tu une omelette nature ?

– Non, non, le poisson, ça va. Ce que je n'aime pas, c'est la viande. Surtout, celle des animaux sauvages...

– L'élan n'est pas une espèce en voie de disparition. Mais je respecte tes convictions.

– Hé, nous, nous ne sommes pas végétariennes ! précisa Naïma. Et j'ai lu dans le guide touristique qu'une spécialité suédoise, c'était le renne fumé. Je voudrais bien y goûter, si j'en ai l'occasion.

– Naïma est très, très gourmande ! s'amusa Rajani.

– Je trouve que c'est important de manger comme les gens des pays que nous visitons, rétorqua Naïma. D'abord, par politesse. Ensuite, parce qu'on apprend beaucoup de choses grâce à la cuisine ! Et puis, d'apprécier ce qui est bon, ce n'est pas un défaut.

– Tu l'auras, ton renne fumé ! lui promit Mari en riant.

Au cours du repas, les bourrasques de vent s'intensifièrent, secouant les fenêtres par intermittence. Mari affichait un visage serein, néanmoins ses fréquents coups d'œil vers l'horloge trahissaient son appréhension.

Au moment du dessert, des yaourts aux fruits, la neige s'invita à la fête.

Plus personne ne parlait. Le vacarme de la tempête rendait sans doute les conversations peu aisées, mais le silence des enfants avait une tout autre cause. Les filles commençaient vraiment à s'inquiéter. Pourquoi le papa de Singrid n'était-il pas encore là ?

Un bruit violent fit sursauter tout le monde.

On se précipita dans le hall d'où venait un courant d'air glacial. La porte était grande ouverte.

Un tourbillon de neige envahit le vestibule. De sa blancheur immaculée surgit la fine silhouette d'une femme enveloppée dans un manteau blanc. De sous la toque tout aussi blanche dépassait une sublime chevelure d'or.

Naïma et Kumiko restèrent bouche bée devant cette vision presque irréelle. Rajani se crut, un court instant, devant une apparition céleste. Même Alexa était frappée de stupéfaction. Idalina, pourtant fermement décidée à détester la Reine des neiges, se trouva brièvement sous l'emprise de l'enchantement. Et puis la voix se fit entendre, légère, cristalline, aux accents rieurs.

– Eh bien ! Le temps nous a réservé un bel accueil !

Greta se retourna. Mikkel, une valise dans chaque main, entrait à son tour. Lâchant les bagages, il s'empressa de refermer la porte, non sans difficulté. Singrid se jeta dans ses bras. Mikkel la serra contre lui. Mari souhaita la bienvenue aux nouveaux arrivants.

Greta posa son magnifique regard bleu sur

les filles, aussi muettes qu'immobiles.

– Alors, voilà les fameuses Kinra Girls ! dit-elle joyeusement.

Rajani se secoua et s'avança pour répondre poliment.

– Bonjour, madame.

– Allons donc, pas de madame ! Appelez-moi Greta, voyons !

Son sourire, empreint de douceur, acheva de conquérir le cœur de Naïma. On ne pouvait pas avoir un tel sourire et être une méchante sorcière ! Idalina comprit vite que ses amies étaient sous le charme. Elle chercha une alliée en Alexa.

– Elle a un manteau de fourrure, lui souffla-t-elle. C'est une honte.

– C'est de la fausse fourrure, répliqua Alexa.

Idalina fronça les sourcils.

– T'es sûre ?

– Ben oui. Ça se voit !

Mari proposa un thé chaud à la compagnie. Naïma espéra qu'il serait servi avec des ***kanelbullar***... Les enfants regagnèrent la salle à manger pendant que Mikkel et Greta enlevaient leurs bottes et leurs manteaux. Singrid s'appliquait à cacher au mieux ses sentiments vis-à-vis de Greta. Mais l'effort lui coûtait ! Naïma se lécha les lèvres : un délicieux parfum de cannelle s'échappait de la cuisine.

– Les ***kanelbullar*** sont comme nous, il faut les décongeler ! plaisanta Mikkel.

– Les ***kanelbullar*** sont bien meilleurs quand ils sont faits maison, remarqua Greta, de sa si jolie voix douce.

Il n'y avait rien de gentil dans cette phrase d'apparence innocente. D'ailleurs, Greta ne s'arrêta pas là. Elle examina sa cuillère d'un air un peu dégoûté avant de la frotter énergiquement avec sa serviette. Puis elle se leva pour changer sa tasse, dont le bord était ébréché. Et, finalement, elle déclara qu'elle préférait un café parce que le thé en sachet, ce n'était pas très bon. Mari, aimablement, lui prépara son café. Greta la remercia plusieurs fois, ce qui était sans doute trop pour être vraiment sincère.

– Mikkel chéri, demanda Greta, voudrais-tu aller chercher mon sac de voyage, s'il te plaît ?

Singrid serra les dents. Le « chéri » ne passait pas ! Mikkel revint avec le sac en question, que Greta ouvrit. Elle en tira un gros paquet au papier rouge brillant. D'un air ravi, elle le déposa près de Singrid.

– Voilà ! chantonna-t-elle. Un cadeau pour la petite Singrid !

Singrid s'étrangla presque en murmurant un « merci ». Bon, le « petite » ne passait pas non plus ! Elle déchira le papier et découvrit

un beau livre de contes illustré. Là, Singrid ne réussit pas à se retenir.

– Je n'ai plus 6 ans, remarqua-t-elle.

Greta allait-elle perdre sa dignité toute royale ? Bien sûr que non.

– Je le sais, ma chérie ! Mais ceci, vois-tu, est une édition rare de 1920 ! C'est un ouvrage de grande valeur.

Sous-entendu : je l'ai payé un prix exorbitant. Sentant le regard de son père peser sur elle, Singrid se reprit, feuilleta les pages pendant quelques secondes, admira une illustration avant de refermer le livre.

– Oui, c'est magnifique, commenta-t-elle.

– Et je n'ai pas oublié nos délicieuses Kinra Girls ! poursuivit Greta.

Du sac, elle sortit cinq paquets qu'elle distribua avec un plaisir évident. Naïma ouvrit le sien la première. Elle poussa une exclamation ravie.

– Oh ! C'est le joli cheval de Dalécarlie ! Merci, merci beaucoup !

– Je les ai pris d'une couleur différente. J'espère que ça vous plaît.

– C'est vraiment très gentil de votre part, dit Rajani.

– J'adore ! s'écria Kumiko. Merci !

Idalina et Alexa se joignirent au concert de remerciements. Jusqu'alors, les Kinra Girls avaient été pour le moins réservées, voire intimidées. Les cadeaux, aussi inattendus que bien choisis, avaient conquis leurs cœurs. Même celui d'Idalina !

Greta s'appuya au dossier de sa chaise, la tête droite et le sourire triomphant.

Chapitre 7

Comment tout peut changer en une seconde

Mikkel contempla les bourrasques de neige par la fenêtre puis s'intéressa au thermomètre placé de l'autre côté de la vitre. Il indiquait douze… en dessous de zéro ! Le baromètre n'était guère plus rassurant, avec son aiguille obstinément bloquée sur « tempête ».

– L'hiver dure longtemps par ici, remarqua-t-il, mais tout de même… je trouve que, cette année, il s'éternise vraiment !

– Ce n'est pas grave ! répondit la voix chantante de Greta. Nous avons les jeux de société que j'ai offerts à Singrid à ma dernière visite. Nous allons bien nous amuser, n'est-ce pas les filles ?

Alexa esquissa une grimace. Ce genre de distraction ne lui plaisait pas trop. Singrid se méprit sur le sens de sa mimique.

Elle crut qu'Alexa grimaçait parce qu'elle n'aimait pas Greta. Elle se rapprocha de l'Australienne pour lui murmurer :

– On va faire n'importe quoi jusqu'à ce qu'elle craque…

– Quoi ?

– En jouant, précisa Singrid. On va faire que des bêtises.

Greta demanda où étaient rangées les boîtes de jeu. Singrid se proposa spontanément pour aller les chercher. Pendant son absence, Alexa s'interrogea sur sa proposition. Elle s'amusait souvent à tricher dans le seul but de divertir

ses amis. Les bêtises, c'était son domaine !
Kumiko retira une boîte de la pile que Singrid avait déposée sur la table de la salle à manger.

– Oh, trop bien, ce jeu-là ! Il faut résoudre des énigmes. J'adore quand il faut découvrir l'assassin, l'arme du crime et le...

– Il n'est pas à moi, celui-là, l'interrompit Greta, avec une légère moue.

– Je pensais qu'ils étaient tous à moi, répliqua Singrid.

Greta eut un gracieux sourire.

– Oh oui, évidemment ! Je voulais dire que ce n'était pas moi qui te l'avais offert ! C'est pour les petits, ça, non ? À votre âge, les jeux plus culturels, c'est beaucoup mieux. Comme celui-ci, où il faut placer des lettres sur la grille pour former des mots.

Greta repoussa toutes les autres boîtes et ouvrit celle qu'elle avait choisie. Puis balaya d'un revers de main quelques miettes qui traînaient.
Avant de prier Mari, à grand renfort de « s'il vous

plaît-merci », de nettoyer la table. Clairement, Greta ne jugeait pas sage de laisser gagner les enfants. Elle connaissait tellement de mots qu'elle aurait pu écrire le dictionnaire.
Et elle savait toujours les mettre là où ils rapportaient un maximum de points.
Au bout d'un quart d'heure, Alexa s'ennuyait ferme. En prenant trois lettres dans le sac, elle en saisit une quatrième qu'elle laissa tomber sur ses genoux. Un coup d'œil discret lui apprit que c'était la lettre N. Parfait ! Elle pouvait écrire « piano » ! Elle récupéra le N et plaça ses lettres sur le plateau de manière à ce que son mot se termine sur le S d'un autre mot.
Personne ne s'aperçut de sa manœuvre.
Alors, elle récidiva au tour suivant.
– Hé ! s'exclama Naïma.

Chapitre 7

Tu caches une lettre dans ton poing !
Alexa commença à rire. Greta la regarda d'un air horrifié.

– Comment ? Tu triches ? Mais c'est très mal ! Tu devrais avoir honte !

– C'est pour rire, lui expliqua Rajani, un peu embêtée. Alexa fait toujours ça !

– Ça n'a rien de drôle. Et c'est une très mauvaise habitude ! Quand tu seras grande, tu tricheras aussi ? Tu mentiras en remplissant ta déclaration d'impôts ? Tu voleras l'argent des autres ?

Alexa écarquilla les yeux. Tout ça parce qu'elle avait pris une lettre de plus dans le sac ?
Aussi brusquement qu'elle s'était énervée, Greta se radoucit. Son changement de comportement n'avait probablement rien à voir avec le fait que Mikkel était revenu dans la pièce après avoir donné quelques coups de téléphone.

– Oh, suis-je bête ! Ce n'est qu'un jeu, après tout ! dit vivement Greta. Peut-être qu'il ne te plaît pas ?

– C'est que je n'aime pas rester enfermée, répondit Alexa. J'ai besoin de courir au grand air, moi.

– Je comprends. Malheureusement, le temps ne le permet pas. Ça va, mon chéri ? Tu sembles préoccupé.

Mikkel s'assit près d'elle. Il paraissait, en effet, assez soucieux.

– Je viens de parler au médecin de mon grand-père.

– *Farfar* [14] Frederik est malade ? s'affola Singrid.

– Non, pas vraiment. Il est très fatigué.

14. Farfar *(en suédois) : grand-père, papi. Se prononce « feurfeur ».*

Son médecin voudrait l'hospitaliser pour faire des examens. Grand-père refuse. Il peut être buté, parfois… Il aime bien l'infirmière qui s'occupe de lui à la maison, mais il réclame Mari.

Mikkel se tourna vers la cuisine. Mari se tenait sur le seuil. Elle avait entendu.

– Je n'aurais pas dû le laisser partir à Stockholm sans moi, regretta-t-elle.

– C'était son souhait que tu restes avec nous, répondit Mikkel.

– Cette vieille tête de mule, grommela Mari. Il n'écoute jamais personne ! Et maintenant, il veut que je sois avec lui !

– Il faut que tu y ailles ! s'écria Singrid.

– Évidemment que je vais y aller ! J'appelle Lars.

– C'est impossible de partir pour le moment, remarqua Mikkel. Nous devons attendre la fin de la tempête.

Mari haussa les épaules.

– Allons donc ! Lars a fait décoller son taxi dans des conditions pires que celles-là !

– Il faudrait d'abord que je puisse conduire jusqu'à l'aéroport !

– Inutile, rétorqua Mari. Gunnar m'y emmènera en motoneige !

– Question tête de mule, vous êtes en compétition pour la première place, toi et mon grand-père. Très bien ! Je téléphone à Lars.

Mikkel se leva et quitta la pièce. Mari lui emboîta le pas. Les Kinra Girls n'osaient pas parler. Voyant Singrid au bord des larmes, Rajani posa la main sur la sienne.

– Heureusement qu'il y a le micro-ondes ! dit Greta sur un ton léger. Au moins, on pourra décongeler les ***kanelbullar*** !

Elle avait sans doute voulu détendre l'atmosphère par une plaisanterie. Sa maladresse lui valut des regards interloqués. Elle s'en aperçut, faillit dire quelque chose d'autre, se ravisa. Puis, avec des gestes brusques, elle entreprit de ranger les éléments de la boîte de jeu.

Le retour de Mari rompit le silence.

– D'après Lars, il y aura une accalmie d'ici une heure ou deux, déclara-t-elle. J'ai juste le temps de préparer mon sac. Gunnar passe me prendre.

– Nous prendre, corrigea Mikkel en entrant à son tour.

– Quoi ? cria Greta.

– Le médecin a été clair, répondit Mikkel. Il juge que ma présence est nécessaire.

– Ce serait plutôt à ton père de s'occuper de Frederik, non ? répliqua Greta.

– Mes parents sont en voyage aux États-Unis.

– On va rester ici toutes seules ? s'exclama Singrid.

– Bien sûr que non. Greta reste avec vous !

Greta ouvrit la bouche et la referma. Et, avec cette grâce étonnante qui était la sienne, elle rit en disant :

– On n'a pas fini de manger des ***kanelbullar***, mes enfants ! Parce qu'il ne faut pas compter sur moi pour faire la cuisine !

– Papa ! Tu ne peux pas nous abandonner avec la…

Singrid ravala le mot « sorcière » qui lui brûlait les lèvres.

– Je sais que c'est difficile, dit doucement Mikkel. Et je suis désolé de repartir, à peine arrivé. Mais c'est un cas de force majeure. Le devoir m'appelle auprès de ton arrière-grand-père. Je reviendrai dès que possible.

– Ne vous inquiétez pas, ajouta Mari. Gunnar est à côté. Si vous avez le moindre souci, il suffit de lui téléphoner. D'ailleurs, je suis persuadée qu'il vous rendra visite tous les jours.

– ***Farfar*** va vraiment mal, n'est-ce pas ? murmura Singrid.

– Bah ! fit Mari. Les Bergström sont de l'étoffe des centenaires ! Je la connais, ma vieille tête de mule ! Je vous parie qu'à la fin de la semaine il ira pêcher le saumon dans le lac Mälaren[15] !

15. Stockholm, surnommée la « ville sur l'eau », est construite sur des îles, à l'embouchure du lac Mälaren dont les eaux se déversent dans la mer Baltique.

Chapitre 7

L'assurance de Mari tira un petit sourire à Singrid. Soudainement, le vent cessa de secouer les fenêtres. L'instant d'après, Gunnar se présentait à la porte. Et puis Mari et Mikkel avaient disparu. Ce fut ainsi que les Kinra Girls le vécurent : là et plus là, en l'espace de quelques secondes. Envolés d'un coup de baguette magique. Assise au bout de la table, la Reine des neiges, les paupières mi-closes, croisa les mains.

DEUXIÈME PARTIE

L'esprit du loup

Chapitre 1

Il ne suffit pas d'avoir l'air d'une reine !

Rajani observa le mouvement des aiguilles de l'horloge. C'était fou le bruit qu'elles faisaient dans le silence. Kumiko bâilla une fois, puis deux. Elle s'était levée très tôt et la fatigue lui tombait dessus tout à coup. Idalina et Naïma étaient figées sur leurs chaises. Le visage de Singrid s'assombrissait au rythme des tic-tac de l'horloge. La reine Greta ne savait visiblement pas quoi dire ni quoi faire.

– Est-ce que ce n'est pas l'heure du ***fika*** ? demanda Alexa. Allez, direction la cuisine !

Elle joignit le geste à la parole.

Rajani eut un soupir de soulagement.

Oui ! Il fallait s'activer et tout irait mieux !

Les six filles se rendirent à la cuisine. Greta, quant à elle… ne bougea pas. Singrid en profita pour glisser à Alexa :

– On a intérêt à s'occuper de la nourriture nous-mêmes ou la sorcière va nous empoisonner.

– Sors les gâteaux du congélo au lieu de raconter des âneries, rétorqua Alexa.

Idalina pointa le doigt vers la fenêtre.

– Il me semble que le temps s'améliore. J'aperçois un petit coin de ciel bleu là-bas.

– Oui, Lars avait raison, il y a une accalmie, dit Naïma. Espérons que ça dure et qu'on puisse jouer dehors !

– Ce ne sont pas trois flocons de neige qui vont m'en empêcher, affirma fermement Alexa.

– Ça ne me paraît pas prudent, objecta Rajani.

– Je ne parle pas de se promener dans la forêt ! On peut s'entraîner à marcher avec les raquettes devant la maison !

– Oui, enfin… on verra demain, répliqua Rajani. Où sont les tasses à thé ?

Singrid lui indiqua un placard. L'eau dans la bouilloire ne tarda pas à chantonner. Les ***kanelbullar*** tournaient sur le plateau du micro-ondes. Et ding ! C'était prêt. Rajani débarrassa la table des boîtes de jeu. Greta contempla les ficelles qui dépassaient de la théière. Thé en sachet… Elle fit la moue.

– Je préfère un café, déclara-t-elle.

– Ah… c'est que… qu'on ne sait pas trop se servir de la machine, répondit Idalina.

– Eh ben, si vous voulez un café, allez vous le faire ! s'exclama Alexa.

Singrid n'essaya même pas de cacher son sourire satisfait. Greta eut l'air stupéfait. Elle n'avait sans doute pas l'habitude qu'on lui parle sur ce ton !

Et le miracle se produisit : Greta alla se faire son café sans protester.

– Non mais, grogna Alexa en s'asseyant.

Alexa s'adressait aux adultes exactement de la même manière qu'à ses copines de classe. Ce n'était pas de l'insolence chez elle. Elle était comme ça. Décontractée. Ça lui avait valu quelques problèmes, parfois !

– Si on ne peut pas sortir, il nous faut un plan B, dit Alexa. Des idées ?

– Moi, je suis crevée, avoua Kumiko. Une petite sieste, ce ne serait pas de refus.

– Ça t'apprendra à nous réveiller au milieu de la nuit, remarqua Naïma.

L'attention d'Idalina fut attirée par un bruit. Ne frappait-on pas à la porte ?

– J'ai l'impression qu'il y a quelqu'un dehors. J'y vais !

Greta, de retour avec son café, arrêta Idalina alors qu'elle se dirigeait déjà vers le hall.

– On ne sait pas qui c'est ! s'écria-t-elle.

C'est moi qui y vais.

Elle se débarrassa de sa tasse. Et fut bien surprise d'être suivie par six filles.

– Restez ici ! ordonna-t-elle.

– Si c'est l'abominable homme des neiges, vaut mieux qu'on soit en groupe ! rigola Alexa.

Greta eut presque peur quand la porte d'entrée s'ouvrit brusquement.

– Ah, bah ! Le yéti suédois s'appelle Gunnar ! ajouta Alexa, toujours hilare.

– En réalité, son nom est Djadek[16] par ici, répondit Gunnar, amusé.

– C'est vrai ? demanda Kumiko. Vous avez un yéti en Suède ?

Gunnar ôta sa parka et ses bottes.

– Eh oui ! Il est connu depuis le Moyen Âge. Il vivrait dans des grottes au cœur des forêts, très au nord. Ce serait un homme sauvage qui ressemble à un singe. Il est poilu, barbu et sent très mauvais ! On prétend que son pelage devient blanc en hiver.

16. Se prononce « ya-dek ».

– Fables ! rétorqua Greta, en haussant les épaules. Ce n'est pas bien de faire croire des histoires à des enfants. Vous allez les effrayer !
– Pas du tout ! protesta Alexa. En Australie, nous avons aussi des hommes sauvages, les Yowies. Il y en a des grands de 2 mètres et des petits de couleur grise. Sérieux !
– Ce genre de légendes existe dans tous les pays, répliqua Greta, légèrement moqueuse. Il n'y a pas plus de yétis que de loups-garous ou de fantômes !

Idalina se mordilla les lèvres. Elle avait très envie de lui parler du chat fantôme de l'Académie Bergström ! Mais Greta la traiterait sans doute de menteuse.

– Voulez-vous un café, Gunnar ? proposa celle-ci. Je peux vous en préparer un.

Alexa la regarda. Voilà que la reine Greta devenait serviable !

– Je vois que la théière est sur la table, répondit Gunnar. Un thé fera l'affaire.

– Papa et Mari sont bien partis ? s'informa Singrid.

– Oui, oui ! Pas de souci ! Sauf pour moi. Je n'ai plus qu'une motoneige !

Il expliqua aux Kinra Girls que les motoneiges transportaient deux personnes au maximum. Ils avaient donc dû partir avec deux engins mais, seul au retour, il en avait laissé un à l'aéroport. Erik, le mécanicien de Lars, s'était proposé de ramener la motoneige avec sa camionnette dès que la tempête serait passée. Gunnar adressa un clin d'œil malicieux aux enfants.

– Erik en profitera pour s'amuser avec !

– Il va continuer de neiger encore longtemps ? soupira Naïma.

– D'après Erik, un grand coup de vent cette nuit et soleil demain ! Et ce n'est pas le bulletin de la météo à la radio qui le lui a appris. Erik est un ***noaidi*** [17]. Un chaman Sami.

– Un sorcier ! s'exclama Alexa. Vous savez, dans notre école, notre gardien de nuit est un Sioux et c'est un sorcier, lui aussi !

Greta haussa les épaules, une discrète façon de montrer ce qu'elle pensait de tout ça : sottises. Cependant, son geste n'échappa pas à Gunnar. Il poursuivit sur le sujet.

– Erik est très respecté par son peuple. On dit de lui qu'il est fils de l'ours blanc.

– Oh, ça c'est drôle ! s'écria Naïma. Notre gardien s'appelle Mato Sapa. Ça signifie Ours Noir !

– C'est amusant, en effet. Néanmoins, ce n'est pas étonnant. Dans beaucoup de cultures,

17. Se prononce « no-è-di ».

l'ours est un animal sacré que l'on craint et honore. Ce qui est logique, en fin de compte ! L'ours est si puissant, impressionnant et redoutable !

– Tout le portrait de Mato Sapa ! plaisanta Alexa.

– Je suis sûr que vous aimerez Erik. C'est un homme sage, toujours prêt à aider les autres.

– Vous sous-entendez qu'il va venir ici ? intervint Greta, pas franchement réjouie.

– Ah oui ! répondit Gunnar en riant. J'ai tout arrangé ! Il ne peut pas me ramener ma motoneige aujourd'hui mais rien ne l'empêche de venir avec son traîneau ! Ou plutôt, ses traîneaux, car il sera accompagné par sa femme Anitta et son fils Jan[18].

– Pas maintenant, j'espère ? s'inquiéta Greta.

– Si, si ! Ah, j'ai oublié de préciser que ce sont des traîneaux tirés par des rennes.

– Oh, génial ! s'enthousiasma Naïma. On aura le droit de monter dedans ?

– C'est pour ça qu'ils viennent à trois ! Pour vous emmener en balade !

18. *Se prononce « Yanne ».*

– Quoi ? En pleine tempête ? Vous n'y pensez pas ! s'insurgea Greta. Ces enfants vont mourir de froid !

– Nous avons un proverbe chez nous, répliqua Gunnar. Il n'y a pas de mauvais temps, juste de mauvais vêtements !

– Enfin, tout de même ! Vous auriez pu en discuter avec moi d'abord !

– J'ai l'autorisation de Mikkel, rétorqua Gunnar. C'est lui qui souhaite que je distraie les filles pendant son absence !

Greta n'était pas disposée à abandonner la partie aussi facilement. Son autorité royale était en jeu !

– Il est tard, voyons ! Ce n'est pas raisonnable !

Gunnar leva un doigt alors que Greta était au milieu de sa phrase.

– Ah ! fit-il. J'entends les clochettes des équipages. Ils arrivent.

Il avait l'ouïe fine ! Idalina se précipita vers la fenêtre. Au travers des flocons de neige qui tombaient presque au ralenti, le vent s'étant

calmé, elle aperçut les traîneaux. Elle poussa une exclamation de ravissement.

– Oh ! Les jolis rennes ! Je ne croyais pas qu'ils étaient aussi petits !

– À ne pas confondre avec les élans ! répondit Gunnar. Mais ne vous fiez pas à leur taille. Les rennes sont forts.

Kumiko, qui avait rejoint Idalina, vit que les trois Samis portaient des costumes traditionnels. Elle ne s'attarda pas et fonça vers l'escalier. Il lui fallait sa caméra et son appareil photo !

Chapitre 2

Cent façons de décrire la neige

Idalina s'approcha timidement des rennes. Elle avait très envie de les caresser. Elle n'osait pas. Kumiko, après avoir poliment demandé la permission, photographia la famille. Elle confia ensuite son appareil photo à Rajani et entreprit de filmer en posant quelques questions sur leurs vêtements.

Les Samis portaient de magnifiques tuniques d'un bleu vif, galonnées de rouge et de blanc et ceinturées d'une large bande, sur des pantalons en peau de renne. D'épais châles et des gants très colorés les protégeaient du froid. Anitta expliqua que leurs curieux mocassins, recourbés comme l'extrémité des skis, étaient en peau de phoque. Les siens étaient ornés de gros pompons rouges, très rigolos. Un haut chapeau d'où pendaient des rubans multicolores complétait leur tenue.

– Vous êtes trop beaux ! s'extasia Naïma.

Jan se mit à rire. Le garçon avait peut-être 15 ou 16 ans, l'air sûr de lui, et les yeux pétillants.

– Et vous travaillez sur les avions, habillé comme ça ? dit Alexa à Erik.

– Je me salis beaucoup ! répondit celui-ci. Alors, non ! Mais, dès que possible, nous revêtons nos habits traditionnels. C'est ainsi que nous nous sentons bien !

Il se tourna vers Idalina qui était toujours plantée devant l'attelage sans bouger.

– Tu peux les toucher sans crainte. Ils sont gentils même s'ils sont parfois capricieux !

– On part en promenade maintenant ? s'impatienta Singrid.

Erik les invita à s'installer dans les traîneaux. De chaudes couvertures étaient prévues pour les passagers. Alexa et Rajani montèrent avec Erik. Kumiko suivit Anitta avec qui elle continuait de converser.

Naïma l'accompagna car la discussion l'intéressait.

Jan saisit la main d'Idalina et l'aida à grimper dans son traîneau, où Singrid était déjà assise.

Du porche, Greta observait la scène. Elle était toujours contrariée que Gunnar ne l'ait pas consultée avant de faire venir la famille d'Erik. Malgré tout, elle sourit au son des clochettes quand les traîneaux se mirent en route.

– Elles garderont le souvenir de cette balade toute leur vie, remarqua Gunnar.

– Peut-être, concéda Greta.

Elle n'aurait eu aucun doute si elle avait su ce qui se passait dans la tête d'Idalina à ce moment-là. La petite Espagnole était de nouveau plongée dans un conte de fées. Elle était repartie dans les aventures de Lars, le chasseur de loups, qui, à présent, s'enfuyait loin de la Reine des neiges, grâce à la complicité de son ami Jan ! Les courageux rennes pourront-ils courir assez vite pour les sauver de la colère de la méchante sorcière ? La suite au prochain numéro...
Les traîneaux entrèrent dans la forêt. Les Samis n'avaient peur de rien ! Le froid et l'excitation avaient réveillé Kumiko. Elle filma les rennes qui trottinaient à un bon rythme, les arbres qui défilaient autour d'elle et, en se penchant, les patins qui glissaient sur la neige. De quoi lui donner le tournis ! Naïma la rattrapa par le bras.

– Eh ! Fais attention !

– Ça va ! la rassura Kumiko en se redressant.

Le chemin se rétrécissait. Erik, qui menait le convoi, ralentit l'allure. Bientôt, les rennes marchèrent au pas. De temps en temps, ils secouaient la tête, comme si ça les amusait de faire tinter les clochettes !

– C'est drôle que la neige paraisse presque violette sous les arbres, remarqua Idalina.

– La neige n'est pas qu'une chose blanche et froide, dit Jan en souriant. Elle peut être dure ou poudreuse, miroitante ou terne, transparente ou multicolore ! Nous avons des mots dans notre langue que l'on ne peut pas traduire dans une autre, tellement ils sont précis. Il existe cent façons de décrire la neige !

« Cent façons de rêver », songea Idalina. Lars, son compagnon imaginaire, connaissait toutes les nuances de la neige. Rien qu'en la regardant, il savait si ses raquettes allaient glisser sur une surface glacée ou s'enfoncer dans la poudreuse. Il devinait les crevasses cachées en observant l'affaissement de la neige, aussi infime fût-il. Les flocons virevoltaient dans un sens ? Un blizzard s'annonçait. Allaient-ils dans le

sens inverse ? La tempête s'éloignait. Que dirait Lars de cette couleur violette ? Que le jour luttait pour durer, mais que la nuit finirait quand même par gagner le combat, en tombant brutalement. Viendrait alors le règne du silence polaire.

Pendant qu'Idalina rêvassait, Alexa suivait le cours de ses propres pensées. Le souvenir d'une certaine photo, floue et sombre… qui se trouvait dans l'appareil photo que Rajani tenait présentement dans les mains !

– Il y a des loups par ici ? demanda Alexa, abruptement.

– Non, répondit Erik. Ne t'inquiète pas !

– Bah, m'inquiéter, ce n'est pas trop mon genre !

– Malheureusement… marmonna Rajani.

Alexa hésitait. Devait-elle parler de l'animal

photographié par Kumiko, le matin même ? Erik, comme Mari, n'allait-il pas lui dire qu'elle avait pris un des chiens de Gunnar pour un loup ? Et Rajani, qui n'était pas au courant, ne la croirait probablement pas non plus. Alexa décida de poursuivre la conversation, dans l'espoir d'obtenir plus d'informations.

– Il paraît que vous êtes fils de l'ours blanc. Enfin, d'après Gunnar… Qu'est-ce que ça signifie exactement ?

– Oh, ça ! s'écria Erik. Ce n'est qu'une manière de montrer le respect que les gens de mon peuple ont pour moi. C'est me faire beaucoup trop d'honneur ! Les Samis vouent un culte particulier aux animaux blancs.

Les ours, bien sûr, la perdrix et la chouette, le renard arctique qu'on appelle bleu ou argenté. Les rennes aussi ont parfois une robe presque blanche.

– Et... il y a des loups blancs ?

– Pour eux, c'est comme pour les rennes. Leur fourrure diffère selon les individus. En hiver, certains animaux changent de couleur pour mieux se cacher. La plupart des loups vivent dans les forêts où ils chassent. Un pelage blanc ne leur est donc pas indispensable pour se fondre dans le paysage. Personnellement, je n'ai jamais vu de loups entièrement blancs.

– Vous avez vu des loups ? demanda Rajani. En vrai ?

– Oui ! J'ai besoin de garder le contact avec la nature. Je croise le chemin de nombreux animaux. Je n'en crains qu'un seul : l'ours. Je ne pars jamais sans mon fusil.

– Sérieux, vous avez déjà tué un ours ?

s'enquit Alexa.

– Oui. Pas de gaieté de cœur ! Ça peut te sembler cruel. Tu sais, l'ours, lui, te tuera sans se poser de questions !

– Oh, je comprends ! répondit Alexa. Je viens d'un pays où vous pouvez servir de petit déjeuner aux crocodiles. Faut reconnaître qu'on ne s'attriste pas trop sur le sort des crocodiles. Ils sont nettement moins mignons que les ours polaires !

– Quand l'un d'eux te fonce dessus, tu ne le trouves pas très mignon ! dit Erik en riant.

La neige prit la couleur du crépuscule. Il n'y avait, sans doute, que dans la langue Sami qu'un mot aurait pu la décrire parfaitement.

Chapitre 3

Un dîner à la mode Gunnar

Pendant que les enfants profitaient de leur promenade, Gunnar cuisinait. Il s'était plongé avec bonheur dans les réserves de Mari et en avait sorti pommes de terre, oignons rouges et anchois épicés.

Sans oublier beurre et crème fraîche.
Dès l'ouverture des boîtes d'anchois, Greta avait fui les lieux. Quelle odeur épouvantable pour un nez aussi délicat que le sien !
Greta s'était réfugiée dans le salon et lisait.
La sonnerie du téléphone la tira de sa lecture.
C'était Mikkel. Mari et lui étaient bien arrivés à Stockholm. Greta se plaignit longuement.
S'occuper de six fillettes, supporter ce sans-gêne de Gunnar et maintenant les Samis qui s'invitaient à la fête, trop, c'était trop !
Mikkel l'écouta patiemment avant de répondre.
S'il avait fait appel à Gunnar, c'était pour qu'il l'aide. Erik et sa famille étaient des gens charmants qui avaient volontiers accepté de distraire les filles. Qu'elle se rassure ! Elle pouvait leur faire confiance. Greta déclara, dans un grand élan de générosité, qu'elle était prête à se dévouer pour les enfants. À part brancher la cafetière, Greta n'avait absolument rien fait mais, curieusement, elle était au bord de l'épuisement. Gunnar,

quant à lui, avait débarrassé la table, mis les tasses dans le lave-vaisselle, passé un coup d'éponge, et il préparait le dîner. L'entendait-on se plaindre ? Les clochettes annoncèrent le retour des traîneaux. Greta soupira. Elle n'aurait pas été tranquille longtemps. Elle se composa un visage souriant.

– Alors ? demanda-t-elle. Comment c'était, votre petit tour ?

– Génial ! s'écria Kumiko. Vous auriez dû venir !

– Oh, le plus important, c'est vous, dit Greta.

Son sourire s'effondra en voyant les paires de bottes sales. Qu'on ne compte pas sur elle pour nettoyer le carrelage ! Gunnar surgit de sa cuisine.

– Ah ! Erik ! Bien sûr, vous restez dîner ! Je vous ai fait mon célèbre gratin. Pommes de terre et anchois !

L'air désespéré d'Idalina, à ce moment-là, n'échappa pas à Alexa.

– Idalina a horreur des anchois ! s'exclama celle-ci en riant.

– Non, non, ça m'ira très bien… bégaya Idalina, consternée par la remarque.

– Ben si, tu détestes ça ! insista Alexa. Tu les enlèves toujours de tes pizzas !

– Je peux faire une omelette au saumon pour ceux qui le souhaitent, proposa Gunnar.

Idalina eut envie d'étrangler Alexa quand celle-ci répondit :

– Encore ? On en a déjà eu hier !

Greta haussa un sourcil. Décidément, cette gosse était d'une insolence insupportable. Cependant, Alexa venait de lui rendre un fier service.

– Moi, j'adore les omelettes au saumon, déclara Greta. Et c'est plus léger pour le souper.

– Pas de problème ! dit joyeusement Gunnar. Qui d'autre préfère l'omelette ? Quatre ? D'accord.

Les deux autres étaient Kumiko et Rajani.

– Vous manquez de curiosité, leur reprocha Naïma.

– Mais je goûterai au gratin quand même !

se défendit Rajani.

Greta frappa dans ses mains et lança avec enthousiasme :

– Au travail ! Les filles, rangez un peu mieux vos affaires, là... Allez ! Tout le monde aide à mettre la table !

Greta était très douée pour diriger. Et comme elle le faisait avec un sourire et des « s'il vous plaît-merci » à profusion, on ne se rendit pas compte qu'elle-même n'avait pas porté la moindre assiette. Mais l'accuser de ne pas avoir levé le petit doigt eût été injuste. Elle avait bien utilisé un de ses doigts. Pour appuyer sur le bouton du lave-vaisselle.

Greta s'assit en bout de table, et attendit, telle une reine sur son trône. Gunnar sortit son gratin fumant du four. Anitta se chargea de l'omelette qu'elle avait contribué à préparer.

– Un immense merci aux cuisiniers ! dit Greta. Honnêtement, je ne sais pas ce qu'on ferait sans vous, mon cher Gunnar.

– Je vous en prie, répondit Gunnar. C'est peu de chose.

– Ah, si, si ! Vraiment ! Hum… C'est que ça sent délicieusement bon !

Gunnar découpa des parts dans le gratin. Anitta servit l'omelette au saumon.

– J'ai failli oublier ! s'exclama soudain Greta. Mikkel a téléphoné. L'avion a bien atterri à Stockholm.

– Et ***farfar*** Frederik ? demanda Singrid. Comment il va ?

Greta toussota pour gagner quelques secondes. Que lui avait donc raconté Mikkel ? Aucune idée.

– Frederik est fatigué. Mais il est content que ton père et Mari soient auprès de lui.

Voilà. Ça, au moins, c'était sans risque car il y avait de fortes chances que ce soit la vérité.

– Oui, mais qu'est-ce que papa a dit exactement ? poursuivit Singrid.

– Il vient à peine d'arriver, voyons ! répliqua Greta. Il nous donnera des nouvelles

plus précises demain.

Singrid se renfrogna.

Elle avait raté l'appel de son père et elle en était contrariée. Naïma attaqua sa part de gratin. Sa première impression était que c'était chaud. La deuxième, que c'était très chaud. La troisième, que c'était horriblement chaud ! Le plat était si épicé qu'il lui brûlait le palais. Rajani, qui avait voulu goûter, se jeta sur son verre d'eau. Voyant que les yeux de Naïma se remplissaient de larmes, Anitta lui proposa le reste de l'omelette.

– Je n'aurais peut-être pas dû rajouter du poivre, remarqua Gunnar. Les anchois étaient, sans doute, suffisamment épicés...

– Non, vous croyez ? railla Greta. Je crains que nos jeunes invitées ne soient pas habituées à ce genre de mets.

Erik regarda Alexa qui dévorait son gratin sans paraître incommodée.

– Ce n'est pas trop fort pour toi ?

Alexa, la bouche pleine, fit non de la tête.

– Alexa n'a peur de rien ! plaisanta Kumiko.

Alexa avala sa bouchée et se mit à rire.

– Vous n'êtes que des petites natures ! Ce gratin est super bon !

Naïma, vexée d'être traitée de petite nature, refusa poliment l'omelette au saumon. Ce n'était pas un peu (trop) de poivre qui allait l'arrêter ! Elle mit un point d'honneur à finir sa part de gratin. Elle apprécia le dessert à double titre. La glace était au chocolat, son parfum préféré, et surtout, elle apaisa le feu dans sa bouche !

– Oh, il est déjà tard ! dit Greta.

Comme personne ne réagit, elle ajouta que Kumiko s'endormait à table. Greta se leva et porta son assiette et ses couverts à la cuisine.

Elle se contenta de les déposer dans l'évier, n'ayant aucunement l'intention de vider le lave-vaisselle. Elle ressortit de la cuisine pour ne plus y retourner alors que tout le monde s'activait. Le doux ronron du lave-vaisselle lui signala que quelqu'un avait dû ranger la vaisselle propre.

– Que voulez-vous faire demain ? demanda Gunnar.

– Que… comment ça, demain ? s'affola Greta. Mikkel va revenir, non ?

– Aussi tôt, ça m'étonnerait !

Une journée entière avec six enfants ! Greta blêmit. Et pour tout arranger, voilà que Gunnar et ses amis se rasseyaient à la table ! Mais quand donc allaient-ils partir, tous ces gens ?

– Et une promenade avec tes traîneaux à chiens ? suggéra Erik à Gunnar. Je suis sûr que les filles adoreraient !

– Ah non, certainement pas ! s'opposa Greta. La dernière fois, nous avons eu un accident !

Singrid aurait pu être blessée !

Singrid lança un regard lourd de sens vers Idalina. Un accident ? Tu parles !

– J'aimerais bien voir les chiens, moi, déclara Alexa. On pourrait vous aider à vous en occuper ?

– Voilà, ça, c'est une bonne idée ! s'empressa de dire Greta.

– D'accord, acquiesça Gunnar, si ça vous fait plaisir. Je viendrai vous chercher vers 7 heures.

– Heu... elles dormiront encore à cette heure-là, voyons ! objecta Greta.

– Ben, vous, peut-être ! s'écria Alexa. Mais, nous, non !

Alexa avait compris depuis un moment que Greta la trouvait insolente. Alors, elle ne ratait pas une occasion de s'amuser à ses dépens.

– Rassurez-vous, ajouta-t-elle malicieusement. Vous n'aurez pas besoin de vous lever pour nous préparer notre petit déjeuner. Nous sommes capables de le faire nous-mêmes !

– Je n'en doute pas… répondit Greta d'une voix doucereuse. Eh bien, soit ! Faites comme il vous plaira ! Je compte sur vous pour être sages. Et je vous en prie, mon cher Gunnar, ne vous sentez pas obligé de distraire les filles toute la journée. Si vous avez du travail, renvoyez-les à la maison !

En disant cela, Greta espéra de toutes ses forces qu'il les garderait le plus longtemps possible !

Chapitre 4

Quand le coyote rencontre le loup

Kumiko avait juré de ne réveiller personne à l'aube. Une fois lui avait suffi ! Elle était tellement fatiguée en se couchant qu'elle était bien certaine de dormir profondément. Elle n'était, d'ailleurs, pas ravie à l'idée de se lever tôt le lendemain. Singrid régla la sonnerie de son réveil, par prudence. Et elle n'oublia pas de fermer le rideau ! Mais à 5 heures, Idalina ouvrait les yeux. Elle se retourna dans son lit de camp. D'un côté. De l'autre côté. Elle apercevait le rayon de soleil qui avait trouvé un chemin entre les pans épais du rideau. Finie la tempête !

– Psst... psst...

Idalina s'appuya sur un coude pour se redresser. Dans la pénombre, elle distingua la silhouette d'Alexa qui lui adressait d'étranges signes avec la main. Elle en déduisit que son amie lui demandait de ramasser ses affaires et de la suivre. Pourquoi pas ? Elle n'allait pas se rendormir, de toute façon ! Silencieusement, les deux filles se glissèrent hors de la chambre. Sans échanger le moindre mot, elles se dirigèrent chacune vers une salle de bains. Propres et habillées, et toujours sans se parler, elles descendirent l'escalier. Idalina fut surprise quand Alexa se précipita vers le hall pour enfiler en vitesse ses bottes et son manteau.

– Et si on préparait le petit déj' pour tout le monde, plutôt que de sortir ?

– Non, non ! répondit Alexa. Après, il sera trop tard ! On a plus de chances de voir le loup à cette heure !

– Le... Alexa ! Ce n'était pas un loup !

– Si. Bon, tu viens ou pas ?

– Ça va, je viens ! Tiens ? Kumiko a laissé sa caméra et son appareil photo sur le guéridon.

– Parfait ! Je prends la caméra ! Si le loup pointe son museau, je ne vais pas le rater, je te le garantis !

Elle poussa une exclamation de joie en ouvrant la porte. La neige scintillait sous l'éclatant soleil.

– Trop bien ! Idéal pour un tour en raquettes !

– Hein ? T'es folle ? Pas question de s'éloigner !

– Fais pas ta Rajani. Je te connais ! Tu es de la graine des explorateurs, comme moi ! Je t'ai bien observée, figure-toi. T'as l'air d'une trouillarde timide. Mais c'est seulement avec les adultes que tu es comme ça. Quand l'aventure t'appelle, tu fonces !

– J'ai aussi peur des voitures, dit Idalina, si sérieusement qu'Alexa éclata de rire. Idalina était tout de même flattée par les remarques de son amie. Et comme celle-ci lui promit de ne pas pénétrer dans la forêt, elle accepta de chausser les raquettes. Avant de se lancer sur la plaine enneigée, Alexa scruta attentivement les alentours. Hélas ! Pas l'ombre d'un animal à l'horizon. Sa déception s'effaça avec le plaisir de marcher sur cette belle neige immaculée.

L'imagination d'Idalina l'entraîna dans une nouvelle histoire de son héros Lars. Le voilà qui découvrait un territoire inconnu. Allait-il rencontrer des hommes sauvages ? Parviendrait-il à communiquer avec eux ? Pour le moment, Lars s'apprêtait à entrer dans la forêt profonde… Quoi ? Ah, non, pas question !

– Alexa, on devait s'arrêter à la lisière ! protesta-t-elle.

– Je… oui. Je jette juste un œil et…

Elle s'interrompit brusquement. Puis, très lentement, elle éleva la caméra. Derrière les arbres passait un élan d'une taille impressionnante. Il poursuivit son chemin, sans s'intéresser à ces petites créatures qu'il devait juger bien insignifiantes !

– Génial, murmura Alexa. J'ai réussi à le filmer en gros plan.

– Je suis très contente pour toi mais, maintenant, on s'en va !

– C'est pour Kumiko que je l'ai fait. Ah, c'est super. Regarde !

– Quand je serai sous le porche, répliqua Idalina.

Alexa ne lui prêta pas attention et continua de visionner ses images sur l'écran. Puis s'aperçut tout à coup qu'elle était seule ! L'était-elle vraiment ? Elle se sentait épiée. Pourtant, l'élan était loin, Idalina avait presque atteint la maison et absolument rien ne bougeait autour d'elle.

Il n'y avait même pas un souffle de vent.

Tout était incroyablement immobile, figé dans le silence.

À cet instant, Alexa eut la certitude qu'un être invisible rôdait dans la forêt. Et cette conviction lui venait du coyote qui sommeillait en elle.

Qui de mieux qu'un esprit pour deviner la présence d'un autre esprit ? Son animal totem l'incitait à parler.

– Je sais que tu es là.

Oh ! Comme les mots résonnaient étrangement !

Malgré la frayeur qui montait en elle,

Alexa persévéra.

– Si tu veux me dire quelque chose, je t'écoute.

Pas un bruit, pas un mouvement. Alexa amorça un demi-tour. Elle commençait à regretter d'avoir choisi la caméra plutôt que les bâtons de ski. Elle aurait pu filer plus vite !

Alors qu'elle quittait l'obscurité pour la lumière, elle se reprocha son manque de courage. Depuis qu'elle était ici, on lui répétait à l'envi qu'il n'y avait ni loup ni ours dans le secteur. Singrid se promenait dans la forêt, dormait dans les cabanes de pêcheurs et elle n'avait jamais eu de problème ! Alors, hormis un paisible élan qui s'occupait de ses affaires, qu'avait-elle à craindre ?

– Et zut, marmonna Alexa.

Par fierté, elle décida de retourner dans la forêt et de s'y enfoncer davantage. Elle entendit Idalina l'appeler. Tant pis ! Elle n'allait pas renoncer.

Ah ! Quand le coyote se réveille, bonjour les dégâts ! Mais, pour une fois, ***Sunkmanitu***

ne la poussait pas à faire des bêtises. Enfin, pas exactement. Son totem retrouvait-il sa nature sauvage ? Se souvenait-il des temps anciens où il était animal et courait dans les bois ? Cherchait-il à rejoindre son noble cousin le loup, celui que les Amérindiens surnomment le « guerrier sage » ? ***Sunkmanitu*** guidait les pas d'Alexa. Il l'entraînait toujours plus profondément au cœur de cette forêt pétrifiée. Alexa avançait rapidement et, bientôt, le froid lui coupa la respiration. Elle dut s'arrêter pour reprendre haleine. Où était-elle ? Elle repéra un torrent qui serpentait entre les arbres. La force de son courant avait brisé la glace. Alexa contempla, fascinée, l'eau qui s'écoulait dans le plus total silence.

Vois, lui dit le coyote.

Et elle vit. De l'autre côté du ruisseau, le loup blanc la regardait.

– Qu'est-ce que tu veux ? demanda Alexa à voix haute.

Elle ne ressentait aucune peur. En fait, elle ne croyait pas qu'il y avait un vrai loup. Ce qui ne signifiait pas qu'il sortait tout droit de son imagination. Non. Pour elle, il était aussi réel que **Sunkmanitu**. Elle pensa tout simplement qu'elle avait une vision. Ça arrivait bien à Rajani, pourquoi pas à elle ? Le loup blanc ne semblait pas doué de parole. Il continuait de fixer Alexa de ses yeux perçants, sans bouger d'un millimètre. Les minutes passèrent.

– On ne va pas rester là toute la journée ! s'énerva Alexa.

Sans réfléchir, elle s'avança. Elle réalisa soudain qu'elle percevait désormais clairement le bruit de l'eau qui tournoyait autour des rochers. Un brusque coup de vent secoua la cime des arbres, faisant tomber la neige qui s'y était accrochée. Et, d'un bond, le loup blanc franchit le torrent.

Chapitre 5

Loup, coyote et chien

– Alexa ! Alexa !

À l'appel de son nom, Alexa fut parcourue par un grand frisson.

– Elle est là ! cria une voix.

Alexa tourna la tête et aperçut cinq filles qui se dirigeaient vers elle. Rajani n'avait pas l'air content.

– Tu es devenue folle ? la disputa-t-elle. Partir toute seule dans une forêt que tu ne connais pas, ça ne va pas, non ?

– Heureusement que les raquettes laissent une piste facile à suivre, renchérit Naïma. Autrement, on n'avait aucune chance de te retrouver !

Alexa restait sans réaction. Idalina s'en inquiéta car une Alexa muette, ce n'était pas normal ! Elle la secoua par le bras.

– Je… j'ai cru qu'il n'était pas vrai, balbutia Alexa.

– Qui donc ? demanda Idalina. Pas le loup, quand même ?

– Il n'y a pas de loup, par ici, remarqua Singrid.

– C'est à cause de la photo, expliqua Kumiko. Ah oui, on n'a pas eu l'occasion de vous en parler. Enfin, ce n'était pas très intéressant, non plus !

Ellc rclata brièvement ce qui s'était passé la veille. Et précisa que Mari avait affirmé que c'était un des chiens de Gunnar.

– Et, têtue comme tu es, tu as décidé que Mari se trompait ! dit Rajani. Et voilà ! Tu t'es perdue !

– Non ! C'est… c'est le coyote.

– Que vient-il faire dans l'histoire, celui-là ? s'interrogea Naïma.

– C'est la faute de ***Sunkmanitu*** ! gémit Alexa. C'est lui qui m'a entraînée ! Le… Ah ! Le voyou ! Il m'a joué un sale tour à sa manière !

– Je ne comprends pas, déclara Singrid.

– Le coyote est l'animal totem d'Alexa, répondit Kumiko. Chaque fois qu'elle fait une bêtise, elle l'accuse d'en être responsable !

– Mais non, ce n'est pas ça du tout ! s'insurgea Alexa.

Elle essaya de raconter ce qui lui était arrivé, tel qu'elle l'avait vécu. Comment les choses lui paraissaient étranges, la forêt immobile, l'absence de bruits, l'impression d'être épiée... Et puis, soudain, ***Sunkmanitu*** s'était manifesté et l'avait conduite jusqu'au torrent. Là, elle avait vu le loup blanc et avait pensé que c'était une vision.

– Comme Rajani avec son corbeau ! supposa Idalina.

– Oui, c'est ça. Dire que je lui ai crié dessus !

– Sur une vision ? s'étonna Naïma.

– Il ne se passait rien, ça m'a énervée et... il a bondi par-dessus le ruisseau !

Alexa s'interrompit brusquement et blêmit. Elle pointa le doigt vers le sol.

– Ma caméra ! s'exclama Kumiko. J'espère pour toi qu'elle n'est pas cassée !

Elle se pencha pour ramasser la caméra.

Son regard se déplaça de 1 mètre, de 2, de 3…

– Qu'est-ce que… qu'est-ce que c'est ?

– C'est ça que je vous montre ! s'écria Alexa. Les empreintes dans la neige ! Un esprit ne laisse pas d'empreintes de pattes ! C'est un vrai loup !

– C'est un des chiens de traîneau qui s'est échappé, la contredit Naïma.

– C'est un loup ! insista Alexa. Examinez ces traces vous-mêmes. On voit bien l'endroit où il atterrit en sautant et après, il a filé par là…

Rajani observait aussi les autres traces dans la neige, celles des raquettes d'Alexa. Elle ressentit une grande frayeur.

– Me… me dis pas qu'il t'a frôlée ?

– Ben tiens, et comment ! J'ai cru qu'il m'attaquait ! Et puis, en fait, non. ***Sunkmanitu*** est un fripon, malgré tout il veille sur moi !

J'imagine qu'il a parlé au loup. Tout semblait si irréel…

Idalina leur signala qu'il était presque 6 heures et demie. Il était temps de rentrer. Alors qu'elles repartaient vers la maison, Rajani s'arrêta soudain.

– Attendez ! Il faut filmer les empreintes !

– Pour quoi faire ? demanda Singrid.

– Ce n'est pas tous les jours qu'on trouve des empreintes de loup ! répondit Kumiko. Bon, ça va, la caméra marche encore… On pourra montrer les images à Gunnar.

– Non, non, surtout pas ! hurla Singrid.

Les Kinra Girls la regardèrent, surprises par la violence de sa réaction.

– Il ne faut rien montrer, à personne ! Sinon les chasseurs vont pister le loup pour le tuer !

– Ce n'est pas une espèce protégée ? s'enquit Rajani.

– Si, mais la chasse est autorisée dans certains cas. Quand il y a trop de loups dans une région, par exemple. Ou quand ils sont trop près des habitations. Il y a des gens qui les tuent, de toute façon, interdit ou pas. Gunnar respecte la loi. Et c'est là, le problème ! S'il a connaissance de la présence d'un loup, il ira le déclarer aux autorités ! Il sera obligé de prévenir à cause du danger.

– Les loups s'en prennent rarement aux humains, généralement ils les fuient au contraire ! répliqua Alexa. Et il n'est pas méchant, mon loup blanc. Il n'a pas cherché à me faire du mal. Même si je lui dois une de ces trouilles…

– Il y a des troupeaux de rennes par ici. Ce sont des proies pour les loups, malheureusement.

Kumiko éteignit la caméra. Elle avait filmé les empreintes, parfois en très gros plan. Elle comprenait les inquiétudes de Singrid, néanmoins elle ne pouvait pas renoncer à des images aussi exceptionnelles ! Idalina s'arrangea pour que ses amies passent devant elle et fit exprès de rester à la traîne. Elle se retournait fréquemment, dans l'espoir que le loup apparaisse. Son inattention lui valut de s'étaler de tout son long dans la neige. Naïma, qui la devançait, entendit le bruit de sa chute. Elle éclata de rire en la voyant essayer de se relever. Pas si facile avec des raquettes ! Elle eut pitié d'elle et vint à son secours. À peine étaient-elles sorties de la forêt qu'elles aperçurent Gunnar, accompagné de son fidèle Lilla. Il se dirigea rapidement vers elles. Lui n'avait pas de difficultés à se déplacer avec des raquettes !

– Alors, jeunes filles ! Déjà prêtes, bravo ! Mais que faisiez-vous dans les bois ?

– ***God dag***, Gunnar ! le salua joyeusement Idalina. Heu... On a vu un élan !

– Ah d'accord. Eh bien ! Allons-y ! J'ai une meute de chiens affamés qui attend !

Naïma se renfrogna. Adieu petit déjeuner ! Idalina, affolée par la disparition d'Alexa, avait réveillé ses camarades en sursaut. Elles étaient parties aussitôt habillées. Elles avaient le ventre vide et des crampes dans les mollets. Et il fallait sourire et marcher encore ! Heureusement, la demeure de Gunnar n'était pas trop loin. Pendant l'hiver, il recevait des groupes de passionnés de courses en traîneau, et de plus paisibles touristes qui souhaitaient juste faire d'agréables promenades. La saison touchait à sa fin et les visiteurs étaient rares. Le restant de l'année, Gunnar se consacrait à son métier d'éleveur. Ses chiens d'élan suédois étaient réputés pour leur force et leur bon caractère. Les chiens réservèrent aux filles un accueil chaleureux et fort bruyant. Kumiko resta prudemment de l'autre côté de la barrière de l'enclos. Alexa, Singrid et Idalina, en revanche, se précipitèrent dans l'enclos à la suite de Gunnar. Les bêtes leur sautèrent dessus pour leur lécher le visage et réclamer des

caresses. Un peu effrayées par leur enthousiasme débordant, Rajani et Naïma s'arrêtèrent au portail. Sans doute les chiens avaient-ils compris qu'elles étaient intimidées car ils s'approchèrent d'elles beaucoup plus calmement. Rassurée, Rajani leur donna quelques tapes amicales. Ce qui lui valut une léchouille sur les joues dont elle se serait volontiers passée !

– Entre, dit Gunnar à Kumiko. Tu n'as rien à craindre !

– Oui, peut-être, mais je ne préfère pas.

Pour se distraire pendant que ses amies secondaient Gunnar pour distribuer la nourriture, Kumiko filmait la scène. Elle remarqua que les chiens étaient gris foncé ou gris clair. Aucun d'eux n'était blanc. Donc, l'animal qu'Alexa avait rencontré ne venait pas de l'élevage de Gunnar. Naïma aurait presque embrassé Gunnar quand il les invita à prendre un ***fika***, bien mérité après tout ce travail. Ah ! Quoi de mieux qu'une tasse de thé brûlant et une pile de ***kanelbullar*** pour vous faire oublier le froid et les mollets douloureux ?

– Qu'avez-vous prévu de faire ? demanda Gunnar. Vous déjeunez avec moi ou avec Greta ?

– Avec toi ! se dépêcha de répondre Singrid.

– On n'a rien décidé, hier, dit Rajani. Et ce matin, Greta n'était pas levée…

– Ah. Je lui téléphone pour la prévenir que je vous garde toute la journée. Si ça vous va.

– Oui ! crièrent les six filles en même temps.

Greta était ravie d'être débarrassée des gamines. Évidemment, elle ne l'exprima pas de cette façon. L'important, prétendit-elle, était que les chères petites s'amusent. Qu'on ne se préoccupe pas d'elle, surtout ! Un livre et un feu dans la cheminée suffisaient à son bonheur.

Gunnar avait à peine raccroché que le téléphone sonnait. C'était Anitta. Son fils s'ennuyait à la maison. Jan pouvait-il les rejoindre ? Gunnar accepta, bien sûr. D'ailleurs, ça l'arrangeait d'avoir de l'aide… car il avait l'intention d'apprendre aux enfants à conduire un traîneau !

Chapitre 6

Chant du vent sur la neige bleutée

Naïma rêvait de renne fumé et de steak d'élan aux morilles. Hélas, au menu, c'était omelette au saumon ! Personne n'avait envie de s'attarder à table, alors le repas fut vite expédié.

Mais les plus impatients étaient sans conteste les chiens. Ils tournaient en rond dans leur enclos en hurlant. Sans doute disaient-ils :

« Quand est-ce qu'on y va ? »

Avant de partir, Gunnar expliqua le fonctionnement de ce traîneau particulier, conçu pour la course et la promenade. On freine l'attelage avec la barre de frein contrôlée par les pieds. Pour l'arrêter, on utilise une petite ancre que l'on plante dans la neige. Le conducteur se tient à un guidon. Idalina pensa que le traîneau ressemblait à un Caddie monté sur des skis !

– À quoi sert le sac ? s'informa Rajani. C'est pour un passager ?

– Oui et non ! On peut y ranger des provisions et du matériel. Et quand il y a un passager… en général, c'est un chien ! Quand un animal se blesse, il faut le transporter.

– Ils se font mal ? dit Idalina, désolée.

– Le plus souvent, ils souffrent de petites entorses ou de coupures sur les coussinets des pattes. Rien de grave.

Pendant qu'il harnachait les chiens avec l'aide de Jan, Gunnar poursuivit ses explications.

Le chien de tête est appelé le leader. Il est commandé à la voix. Il doit donc être très intelligent. C'est presque toujours une femelle, plus obéissante qu'un mâle ! Derrière lui, se trouvent des chiens qui lui ressemblent. Ils sont là pour seconder le leader, voire le remplacer au cas où celui-ci aurait un problème. Dans les grands attelages, il y a aussi les ***team dogs***, les chiens d'équipe ! C'est la place des jeunes encore inexpérimentés.
Et enfin, viennent les chiens les plus puissants, les ***wheel dogs***, ce qui est une drôle d'appellation puisque ***wheel*** signifie « roue » et qu'il n'y a pas de roues sur un traîneau !

– Ce doit être super lourd à tirer, un traîneau et un homme, remarqua Naïma.

– Non ! Un chien tire une charge de 5 kilos, tout au plus. Merci à la neige qui permet au traîneau de glisser ! Et regarde comme mes chiens sont contents !

– Je ne vais jamais y arriver, soupira Kumiko.

– Ce n'est pas vraiment difficile, la rassura Jan.

– Y a pas plus nulle que moi en sport !

Je ne pourrais pas être dans le sac, plutôt ?

Jan se tourna vers Gunnar qui éclata de rire.

– Il y a le traîneau que j'ai fabriqué récemment, où deux personnes peuvent s'asseoir, répondit Gunnar. Mais il est dur à manier. Il s'est renversé la dernière fois, lors de la promenade avec Greta et Singrid. Il va falloir que je retravaille dessus !

Gunnar ne voulait pas obliger Kumiko à conduire son propre attelage si elle avait peur. Il accepta qu'elle s'installe dans le sac, ce qui était possible grâce à sa petite taille.

– Je conduirai moi-même. Tu ne risques rien.

Et vous autres ? Prêtes à tenter l'expérience ?

Alexa, voyant qu'Idalina avait des doutes, lui murmura dans l'oreille :

– Souviens-toi que tu es une grande aventurière…

Idalina sourit. Le temps était venu de laisser

toute la place à son imagination. Elle posa ses pieds sur chacun des skis. Elle était de nouveau dans la peau de Lars, le chasseur de loups. Le hasard voulut que Lilla fût un des trois chiens de son attelage. C'était parfait ! Gunnar, leur ayant enseigné les quelques mots auxquels obéissaient les leaders, conseilla aux filles d'avoir confiance en elles et en leurs chiens. Il prit la tête du convoi.

– C'est parti ! s'écria gaiement Naïma.

Naïma avait cette qualité rare de savoir apprécier toutes les occasions qui lui étaient offertes. Depuis qu'elle était entrée à l'Académie Bergström, elle avait vécu tellement de choses extraordinaires ! Elle n'en revenait pas d'avoir une chance pareille. Debout à l'arrière de son traîneau, elle profitait de chaque seconde. Quelles sensations grisantes ! La caresse de l'air glacial sur son visage, les arbres défilant à toute vitesse, le chuintement des skis sur la neige, la course de ses chiens ! Elle n'aurait pas pu être plus heureuse qu'à ce moment-là.

Alexa, au début, croyait qu'on dirigeait un attelage avec des rênes comme pour les chevaux. Eh non ! Tout se fait à la voix. C'est dire l'importance du leader qui doit comprendre les ordres et réagir aussitôt. Rajani avait rapidement surmonté sa crainte des chiens. Ceux-ci étaient si adorables, enthousiastes et affectueux ! Elle ne s'attendait pas à trouver autant de plaisir à la balade. Idalina avait décidé qu'Alexa avait raison. Oui, elle était de la graine des explorateurs ! Et elle n'hésitait pas à encourager ses chiens à courir plus vite ! Les Kinra Girls furent surprises quand, soudain, les traîneaux débouchèrent sur une immensité blanche. Car il y avait bien une fin à la gigantesque forêt obscure. Le vent soulevait des nuages de neige fraîche. Il hurlait dans les oreilles. On avait l'impression que la température avait chuté de plusieurs degrés d'un seul coup. Idalina tressaillit de joie. Le désert blanc, tel qu'elle l'avait toujours rêvé !

Gunnar conduisit encore quelques minutes puis ordonna à son leader de stopper. Il se retourna pour s'assurer que les autres suivaient son exemple. Les chiens, très bien dressés, obéirent immédiatement. Sagement, ils se couchèrent. On n'oublia pas de les féliciter à grand renfort de caresses !

– Qu'est-ce qu'il fait froid ! commenta Kumiko en sortant de son sac.

– Évidemment, tu ne peux pas bouger là-dedans ! répliqua Alexa. L'exercice nous a réchauffés, nous !

– Oui mais moi, j'ai un attelage avec sept chiens, dit Kumiko.

– J'en ai peut-être que trois, mais c'est moi qui commande !

– Vous n'allez pas vous disputer pour ça ? intervint Rajani.

– Et si vous vous taisiez pour admirer cet extraordinaire paysage ? suggéra Naïma.

Idalina la remercia en acquiesçant. Elle voulait

écouter le tumulte du vent. Et, curieuse coïncidence, le vent cessa juste à cet instant. Les volutes de neige retombèrent lentement. Le regard ne rencontrait aucun obstacle. Il était presque impossible de distinguer la limite entre le ciel et la terre. Le silence ne dura guère. Bientôt, le vent reprit avec force et les tourbillons de neige voilèrent le ciel.
Alors, Jan se mit à chanter. Idalina n'avait jamais rien entendu d'aussi étrange. La voix de Jan était rauque et parfois il semblait chanter deux notes à la fois, comme si un des sons venait du fond de sa gorge. Le chant montait et descendait. Il n'y avait pas de phrases, pas de mots, pas de rythme précis et encore moins de mélodie. Et pourtant, on comprenait instinctivement le sens de ce chant.
Jan s'arrêta, aussi brusquement qu'il avait commencé. Les chiens, jusque-là silencieux et immobiles, se redressèrent et hurlèrent.

– Ils me répondent, remarqua Jan, amusé.

– C'est une chanson Sami ? demanda Rajani.

– Dans ma culture, nous n'avons pas vraiment de chansons traditionnelles que tout le monde connaîtrait. Nous nous exprimons par un genre de chant spontané, qui s'appelle le ***joik***[19]. C'est une forme très libre où chacun raconte ce qu'il veut et comme il veut. Bien souvent, nous n'avons pas besoin de mots. Un ***joik*** ne parle pas de quelque chose, il est ce quelque chose.

– C'est de la magie ! s'exclama Alexa.

– Presque… Aujourd'hui, la beauté de ce paysage m'a inspiré un ***joik***.

– Je sais ce que c'était, affirma Idalina. C'était le chant du vent sur la neige bleutée.

Jan hocha la tête. Il lui sourit.

– C'était exactement ça, dit-il.

19. Se prononce « yo-ik ».

Chapitre 7

Comment un accident peut conduire à une catastrophe

Allongée sur son lit, Kumiko n'en finissait plus de bâiller. Après une épuisante journée, les filles s'accordaient un peu de repos avant le dîner. Singrid, qui s'était absentée pour téléphoner à son père, apparut dans la chambre.

– Comment va ton arrière-grand-père ? s'enquit Naïma.

– ***Farfar*** Frederik va mieux, répondit Singrid.

Il doit passer quelques examens. Alors papa reste avec lui, au moins jusqu'à mercredi. Ah, et la sorcière nous ordonne de descendre l'aider pour le repas. Je parie qu'elle va essayer de nous empoisonner.

– Arrête avec ça ! la disputa Rajani. Greta n'est pas une sorcière.

– Elle n'est pas très sympa avec nous, remarqua Kumiko.

– Ça, c'est sûr ! ricana Alexa. Et Sa Majesté n'a aucun humour !

– En plus, elle est paresseuse, ajouta Idalina.

Rajani admit que Greta ne faisait pas beaucoup d'efforts. À sa décharge, se retrouver brusquement avec six gamines sur les bras avait de quoi paniquer n'importe qui !

– Nous ne sommes pas des monstres ! s'exclama Alexa. Et nous n'avons pas été là de la journée !

Naïma donna l'exemple en se levant. Elle mourait de faim.

– Je me demande ce qu'il y a pour le dîner.

– Ben, tu ne vas pas être déçue, dit Singrid.

– Oh non ! gémit Naïma. Pitié ! Pas encore de l'omelette au saumon !

Naïma reporta tous ses espoirs sur le congélateur plein à ras bord. Hélas, elle constata avec dépit qu'il n'y avait aucun plat facile à préparer. Pas la moindre pizza ! Et il était évident qu'il ne fallait pas compter sur la Reine des neiges pour ouvrir un livre de recettes.

D'ailleurs, Greta semblait plutôt perplexe devant la poêle à frire.

– Je crois qu'il faut d'abord battre les œufs dans un saladier, suggéra timidement Idalina.

– Oui, merci, je le sais ! rétorqua Greta, visiblement exaspérée.

Rajani n'apprécia pas sa manière de parler à son amie.

– On comprend que la situation ne soit pas drôle pour vous, dit-elle, mais ce n'est pas notre faute non plus ! Et jusqu'à présent on ne vous a pas tellement embêtée, non ?

Alexa sourit de toutes ses dents. Ah ! Rajani prenait les choses en mains ! Ça promettait ! Greta était si surprise qu'elle ne réagit pas. Un silence embarrassé suivit.

– Bon, heu, je m'occupe des œufs, proposa Naïma. Ma maman m'a appris qu'il en fallait deux par personne. Ça vous paraît bien ?

– Je suis sûre qu'on peut faire confiance à ta maman, dit Rajani. Kumiko, tu m'aides à découper le saumon fumé en petits morceaux. Les autres, mettez la table, s'il vous plaît !

Greta croisa les bras. Vint le moment de cuire l'omelette. Singrid sortit une seconde poêle du placard puis alluma les plaques électriques. Quand le beurre commença à grésiller, Naïma versa les œufs battus et ajouta le saumon. Elle mélangea avec une cuillère en bois.

– Ben, dis donc, tu te débrouilles bien ! admira Rajani.

– J'observe souvent ma maman quand elle cuisine. Ça m'intéresse ! Maintenant, on baisse le thermostat... et on surveille.

Naïma pensa avec plaisir que sa maman serait fière d'elle. Les omelettes étaient parfaitement réussies. Tout le monde s'écarta pour laisser passer Rajani et Naïma avec les poêles chaudes. Et on s'attabla. Greta mangea avec appétit et, même, multiplia les compliments.

Personne ne s'était aperçu que Naïma avait oublié une petite chose : éteindre les plaques.

– Il y a de la glace à la vanille pour le dessert, si ça vous convient, dit Singrid. C'est délicieux avec les ***kanelbullar***. Ah oui, il faut les décongeler. J'y vais.

Greta se leva, s'empara des poêles vides et suivit Singrid dans la cuisine. Alexa se retint de faire une plaisanterie du genre « Non, restez assise, vous allez vous fatiguer ! ». Quelques secondes plus tard, un énorme vacarme et des cris secouèrent la maison.

Effrayées par autant de bruit, les Kinra Girls accoururent aussitôt. Les poêles, le paquet

de ***kanelbullar*** et le saladier qui s'était brisé en tombant gisaient sur le sol. Singrid hurlait en se tenant le poignet. Greta, encore plus blanche qu'à l'accoutumée, était recroquevillée sur elle-même. Rajani se préoccupa d'abord de Singrid.

– Qu'est-ce que tu as ? Qu'est-ce que tu as ? lui demanda-t-elle, affolée.

Singrid, désormais en larmes, ne parvint pas à lui répondre. Alexa se précipita vers l'évier et ouvrit le robinet. Elle avait vu le trou aux bords roussis dans la manche du pull de son amie.

– Vite ! Il faut de l'eau froide !

Alexa tira Singrid jusqu'à l'évier. Elle releva la manche, dévoilant la marque rouge de la brûlure. Elle obligea Singrid à mettre son bras sous le jet d'eau, tout en donnant des ordres.

– Il faut un sac en plastique, remplissez-le avec des glaçons, faites attention aux bris de verre, et nom de nom, que quelqu'un éteigne ces plaques électriques !

Elle communiqua son énergie à ses camarades qui s'organisèrent rapidement. Idalina dénicha un sac accroché derrière la porte. Naïma trouva les bacs à glaçons dans le réfrigérateur. Rajani ramassa les poêles, le paquet de gâteaux et les plus gros morceaux du saladier pendant que Kumiko cherchait un balai. Plaques éteintes, carrelage propre et Singrid assise sur un tabouret avec la glace sur son bras, et tout ça en cinq minutes chrono !

Les sanglots de Singrid s'atténuèrent quelque peu. Le froid calmait la brûlure. Alexa mit les poings sur les hanches et dévisagea Greta… qui n'avait rien fait, comme d'habitude !

– Bon ! dit-elle. Est-ce qu'on peut savoir comment c'est arrivé, maintenant ?

– C'est… c'est un accident, balbutia Greta. Je ne pouvais pas poser les poêles sur les plaques parce qu'elles étaient encore allumées, et je ne pouvais pas non plus les déposer sur le plan de travail car il y avait le saladier et tous les ustensiles sales et… et j'ai reculé vers l'évier… je ne faisais pas attention… Je n'ai pas vu que Singrid passait derrière moi juste à ce moment-là. Je l'ai bousculée et… je crois qu'elle a perdu l'équilibre et qu'elle est tombée en avant vers la cuisinière… Je suis désolée, je suis désolée…

Singrid serrait les dents. Aux regards qu'elle lançait vers Greta, il était facile de deviner ce qu'elle pensait. Un accident ? Bien sûr que non ! La sorcière l'avait fait exprès !

Idalina se demandait comment un tel accident avait pu se produire. Ici, l'évier, là, la cuisinière, entre les deux le plan de travail avec le four à micro-ondes… Hum. Plutôt bizarre, cette histoire.

Alexa souleva le sac de glace pour examiner la brûlure. Elle hocha la tête.

– Ouais, tu ne t'es pas ratée, quand même, constata-t-elle. D'après ma grande expérience des plaies, bosses et autres désagréments, je peux en déduire que tu as besoin d'un pansement gras. Il y a une armoire à pharmacie dans la maison ?

En hoquetant, Singrid répondit faiblement que oui, dans une des salles de bains. Rajani l'aida à se lever. Greta, qui se morfondait dans son coin, se réveilla tout d'un coup.

– Nous devrions appeler un médecin, non ?

– Faut pas exagérer ! répliqua Alexa. La brûlure est un peu étendue, mais superficielle.

– Ah oui ? Et tu as fait combien d'années de médecine ? ironisa Greta.

– Il suffit de s'y connaître en mode ! riposta Alexa. Heureusement, le pull est en laine. S'il avait été en tissu synthétique, il aurait fondu sur la peau et ça aurait été plus grave. En revanche, il est bon pour la poubelle...

Greta ne trouva rien à dire. Elle ne savait jamais comment réagir face à cette gamine !

Et, en quittant la cuisine avec ses amies, Alexa s'offrit un dernier plaisir.

– Au fait ! Si vous pouviez débarrasser la table, mettre la vaisselle sale dans le lave-vaisselle, décongeler les ***kanebullar***, sortir les petites assiettes et les cuillères, et puis récurer les poêles, s'il vous plaît-merci ! Ah oui, et une tasse de thé fera du bien à tout le monde. S'il vous plaît-merci ! Enfin, vous, si vous préférez le café, c'est comme vous voulez.

Greta était assez fine pour comprendre qu'Alexa se moquait de sa manie de ponctuer ses phrases de « s'il vous plaît-merci ». Elle resta bouche bée devant un tel culot.

En montant l'escalier, Kumiko et Naïma furent prises de fou rire. Sacrée Alexa !

Il y avait une boîte de pansements gras dans l'armoire à pharmacie, spécialement conçus pour les brûlures. Alexa en choisit

un grand qu'elle appliqua sur la brûlure
et entoura d'un bandage trois fois trop long.
Singrid contempla avec satisfaction son bras,
bandé du poignet jusqu'au coude.
Après un détour par la chambre pour que Singrid
change de pull, les six filles redescendirent.
La cuisine et la salle à manger étaient toujours
dans le même état. Greta s'était réfugiée
dans le salon.
Rajani dissuada Alexa de rejoindre Greta pour
lui dire sa façon de penser. Si la Reine des neiges
préférait bouder dans son coin, tant mieux !
Sans elle, la fin du dîner fut beaucoup
plus agréable.
Puis tout fut rangé et nettoyé. Il n'était
pas tard, mais tout le monde était fatigué.
À peine couchées, les Kinra Girls s'endormirent.
Singrid contempla le plafond. Elle souffrait juste
assez pour entretenir sa rancœur. La sorcière
l'avait poussée ! Ah, si son papa savait ça !
Il la chasserait, la méchante sorcière ! Oui !

Chapitre 7

Greta n'était-elle pas chargée de surveiller les enfants ? Ne serait-elle pas tenue pour responsable en cas de problème ? Une brûlure, ce n'était sans doute pas suffisant. Non. Il fallait quelque chose de plus grave… et elle serait débarrassée de la sorcière ! Ah, ah, ah !

En prenant garde de faire le moindre bruit, Singrid récupéra ses vêtements. Elle se glissa hors de la chambre et s'habilla dans le couloir.

Quand Singrid ouvrit la porte de la maison, son regard monta vers la lune ronde.

Elle lui sourit. « Merci, la lune, d'éclairer mon chemin… »

Chapitre 8

Le lac gelé

Un rayon de lune inonda la chambre silencieuse. On avait oublié de tirer le rideau de la fenêtre. Idalina gigota dans son lit. Ah zut. La lumière de la lune l'avait tirée de son sommeil. Elle observa les ombres sur le mur. À ce moment-là, elle s'aperçut que Singrid n'était pas dans son lit. Elle supposa que celle-ci était aux toilettes.

Dix minutes s'écoulèrent et Singrid ne revenait toujours pas. Et si elle avait un problème à cause de sa brûlure ? Idalina hésita. Finalement, elle se leva et partit à la recherche de Singrid.

Celle-ci n'était pas dans la première salle de bains. Ni dans la deuxième, ni dans la troisième. Idalina se pencha par-dessus la rambarde de l'escalier et écouta attentivement. Y avait-il quelqu'un en bas ? Aucun bruit. Où donc était Singrid ? Idalina ne savait pas quoi faire. Se recoucher ? Avertir ses amies ? Une petite voix dans sa tête lui disait qu'il se passait quelque chose d'anormal. Elle décida de ne réveiller qu'Alexa, qui le prendrait sûrement mieux que les autres. Alexa grogna et repoussa la main qui la secouait. Elle entendit qu'on appelait son nom. Elle entrouvrit les yeux. Dans la pénombre, elle reconnut le visage d'Idalina tout près du sien.

– Que... que tu veux ? marmonna-t-elle, à moitié endormie.

– Singrid a disparu, murmura Idalina.

Alexa eut un brusque sursaut puis s'assit. Idalina lui montra le lit vide du doigt. Ensuite, elle lui indiqua la porte. Alexa comprit qu'elle lui demandait de la suivre dans le couloir.

Une fois hors de la chambre, elles échangèrent quelques mots à voix basse.

– Peut-être qu'elle a eu envie de parler au téléphone avec son papa, remarqua Alexa. On devrait vérifier qu'elle n'est pas dans le salon.

L'escalier était plongé dans le noir. Néanmoins, Alexa ne voulut pas allumer la lumière.

En se cramponnant à la rampe, elles descendirent lentement.

Les bûches finissaient de se consumer dans la cheminée du salon. Idalina contempla les braises rougeoyantes et frissonna. Elle n'avait pas très chaud en pyjama !

– Personne, constata Alexa. On essaie la cuisine ?

Alors qu'elle retraversait le hall, Idalina s'arrêta, troublée par un soudain pressentiment.

Elle tourna l'interrupteur. Alexa cligna des paupières, aveuglée quelques secondes.

– Pourquoi t'as fait ça ? protesta-t-elle.

– Les bottes...

– Hein ? Les quoi ? Oh, les bottes de Singrid !

Et son anorak ! Ils ne sont plus là ! Elle s'est échappée ! Elle est complètement folle, cette fille ! Je te jure que si...

Alexa interrompit brusquement sa phrase. Une silhouette se déplaçait à l'étage...

– Qu'est-ce que vous trafiquez ?

– Ouf !

Idalina respira. Ce n'était que Rajani !

– Chut ! Moins fort, la pria Alexa.

Rajani les rejoignit et commença à les disputer. Que faisaient-elles debout au milieu du hall ? Alexa lui expliqua que Singrid s'était enfuie.

– Mais… pourquoi ? s'étonna Rajani.

– Singrid a la mauvaise habitude de se sauver, dit Idalina.

– Seulement quand il fait jour, répliqua Rajani. Elle se réfugie dans les cabanes de pêcheurs quand le soir tombe. Là, c'est différent : elle est partie en pleine nuit ! Comment va-t-elle retrouver les cabanes dans l'obscurité ? Et… oh, non… le loup…

Idalina la regarda avec effroi. Rajani prit sur elle-même pour la rassurer.

– Il est sans doute très loin, maintenant.

– Il n'est pas méchant, ajouta Alexa.

– Mais c'est un animal sauvage ! s'écria Idalina. A… a… a… avec de grandes dents ! Et si Singrid croise son chemin ?

Aussi désemparée qu'elle, Rajani ne sut

que répondre. Alexa comprit qu'il lui revenait de prendre une décision.

– Bon, action ! On réveille les autres et on va la rattraper, cette idiote !

– Tu n'y penses pas ! protesta Rajani. C'est dangereux ! Non, nous devons prévenir Greta.

– Brillante idée ! rétorqua Alexa. Elle n'est même pas capable de débarrasser la table et tu crois qu'elle va chausser des raquettes et courir après Singrid ?

– Elle peut téléphoner à Gunnar, dit Rajani. Il viendra, c'est sûr !

– Je n'en doute pas. Et combien de temps sera passé avant que Gunnar arrive ? Nous n'avons pas une minute à perdre. Il faut y aller !

Rajani se trouva à court d'arguments. Alexa avait convaincu Idalina qui remontait déjà l'escalier. Et où était Singrid ? Elle avait atteint la lisière de la forêt. Jusque-là, l'excitation lui avait tenu lieu de courage... Sous les arbres, l'obscurité

était profonde, glaciale et menaçante.
Et quand un rayon de lune parvenait à franchir la barrière des houppiers[20], c'était encore pire !
La lumière argentée créait d'effrayantes ombres de monstres prêts à bondir.
Singrid connaissait l'emplacement de chaque cabane. Mais, de nuit, les sentiers étaient invisibles, avalés par les ténèbres. Et, à la vérité, elle ne savait plus dans quelle direction aller.
Elle se reprocha sa précipitation. Elle avait oublié de prendre une lampe. Elle fit demi-tour pour aller en chercher une dans la maison.
Elle poussa une exclamation de surprise quand les fenêtres du hall s'illuminèrent brusquement.
Oh non ! Quelqu'un était réveillé !
Singrid était trop têtue pour renoncer.
Finalement, si on s'apercevait de son absence maintenant, c'était peut-être une bonne chose.
En revanche, elle ne devait pas rester là.
On ne devait pas la rattraper avant plusieurs heures, sinon son plan échouerait.

20. Houppier : ensemble des branches situées au sommet du tronc d'un arbre.

Elle repartit rapidement vers la forêt. Et recula une fois arrivée à la bordure. Le silence lui faisait presque plus peur que les ténèbres. Elle regarda derrière elle. Qui était debout ? Les Kinra Girls dormaient à poings fermés quand elle avait quitté la chambre. Alors c'était Greta.

La sorcière ignorait sûrement qu'elle était partie.

Singrid tremblait de froid.

Il devenait urgent de se réfugier quelque part.

Où aller ?

Oh, comment n'y avait-elle pas pensé plus tôt ?

Il y avait une cabane de pêcheurs de l'autre côté du lac ! Elle ne s'y cachait jamais car celle-ci était beaucoup trop proche de la maison. Mais Greta ne savait pas que cette cabane existait !

Singrid n'avait pas songé une seconde à la réaction des Kinra Girls en découvrant sa disparition. Il ne lui traversa même pas l'esprit que ses amies allaient s'inquiéter.

Sa seule préoccupation était de se débarrasser de la sorcière. Et tous les moyens étaient bons.

Il fallait contourner le lac pour gagner la cabane. Avancer avec des raquettes réclamait un effort. La fatigue commençait à se faire sentir. Singrid haletait. Une crampe dans la cuisse l'obligea à s'arrêter un instant.
Le trajet se révélait plus long qu'elle ne l'avait imaginé. Ses forces l'abandonnaient. Et voilà que son alliée, la lune, déclinait vers l'horizon.
Elle devait se dépêcher. La crainte de l'obscurité la poussa à s'écarter de la ligne d'arbres qui suivait la courbe de la rive. Sans en avoir conscience, Singrid déviait de plus en plus de son chemin.
La neige récemment tombée avait effacé la frontière entre le lac et la terre. Sous la couche de neige, la glace…

Chapitre 9

Loup, y es-tu ?

Une bonne partie de la soirée, Greta avait lu des magazines, au coin du feu. Elle avait entendu les enfants monter se coucher de bonne heure. Elle aurait dû apprécier d'être enfin tranquille. En réalité, elle était fortement contrariée. Elle s'en voulait de n'avoir rien fait quand Singrid s'était brûlée. Même s'il s'agissait d'un accident, elle se sentait coupable. Sur le moment, elle avait été profondément choquée, d'où son incapacité à réagir.

Elle n'était vraiment pas contente d'elle. C'était elle, l'adulte, mais c'était cette insupportable Alexa qui savait ce qu'il fallait faire ! Malgré elle, elle éprouvait de l'admiration pour cette gamine malpolie.
Ces pensées déplaisantes, qui tournaient en boucle dans sa tête, l'empêchaient à présent de dormir. Elle n'avait, d'ailleurs, aucune raison d'être fatiguée. Elle s'était reposée toute la journée ! Finalement, ses paupières se firent lourdes… Elle rouvrit brusquement les yeux. Elle avait rêvé ou il y avait de curieux bruits en provenance du couloir ?
Elle tendit l'oreille. Il lui semblait bien percevoir des murmures. Le grincement des marches de l'escalier lui ôta tout doute. Énervée, Greta se leva. Si les filles étaient debout, ce ne pouvait être que pour faire des bêtises !
Le plafonnier du hall était allumé. De plus en plus fâchée, Greta se pencha par-dessus la rambarde. Et ce qu'elle vit la laissa brièvement

sans voix. Les Kinra Girls étaient en train d'enfiler leurs manteaux ! L'une d'elles vérifiait l'état d'une lampe torche !

– Qu'est-ce que… Qu'est-ce que vous faites ? hurla Greta.

Les cinq filles sursautèrent. Alexa murmura un « Oh, flûte… » presque inaudible.

– Singrid s'est sauvée ! répondit Idalina.

– Pas de problème, on gère ! ajouta Alexa.

– Quoi ? s'écria Greta, abasourdie. Comment ça, Singrid s'est sauvée ?

– Pas de souci, répliqua Alexa, on a l'habitude ! Vous pouvez vous recoucher !

– Quoi ? Fermez cette porte tout de suite ! Je vous interdis de sortir !

– Pourriez-vous téléphoner à Gunnar pour le prévenir ? la pria Rajani. Merci.

– Revenez ici ! C'est un ordre !

– Désolée, pas le temps de discuter ! dit Alexa en refermant la porte derrière elle.

Greta resta immobile… et seule.

Ah non, ça n'allait pas se passer comme ça ! Elle se précipita dans sa chambre pour s'habiller. Une fois dehors, les Kinra Girls chaussèrent les raquettes. Kumiko contempla la plaine encore éclairée par la lune.

– Mais... heu... on va où, maintenant ? demanda-t-elle.

Alexa pointa son bâton de ski vers la lisière de la forêt. Puis, craignant que ses amies ne changent d'avis, elle fonça droit devant elle. Les Kinra lui emboîtèrent le pas, sans se poser plus de questions.

Elles ignoraient que Singrid n'avait, en réalité, que très peu d'avance sur elles. La chance leur sourit. Idalina, qui n'était pas douée avec les raquettes, avait tendance à regarder ses pieds. Elle aperçut soudain les lignes parallèles dans la neige. Des traces fraîches !

– Attendez ! appela-t-elle. Je crois que Singrid est partie par là !

– Ah, ça ! s'exclama Alexa. Bravo ! On a failli

rater la piste ! On n'a plus qu'à la suivre !
Elles étaient soulagées. Pas besoin d'entrer dans la forêt ! Rajani se souvint tout à coup des paroles de Mari à leur arrivée. *Ne marchez pas trop près de la rive où la neige et la glace peuvent cacher de dangereux trous d'eau...*
Rajani scruta l'étendue blanche. L'angoisse l'étreignit. N'y avait-il pas un petit point sombre qui se déplaçait le long du lac ? Rajani accéléra l'allure, surprenant Alexa et Naïma qui menaient la troupe. Celles-ci s'affrontaient souvent à la course, mais que Rajani cherche à les battre, c'était nouveau ! Les trois filles imposaient un rythme que les deux autres ne pouvaient pas tenir.
Kumiko et Idalina s'arrêtèrent, hors d'haleine. Elles entendirent alors le bruit d'une porte qu'on claque. La silhouette de Greta se découpa sur le bois clair de la maison. Elle avait troqué son sublime manteau contre un gros anorak.

– Comment elle fait pour marcher aussi

rapidement avec des raquettes ? s'étonna Idalina.

Elles comprirent quand Greta fut suffisamment proche d'elles. La Reine des neiges avait chaussé les longs skis de fond. Et elle savait s'en servir !

– Par où ? cria-t-elle sans ralentir.

Kumiko lui indiqua la direction du lac. Greta filait à toute vitesse, avec une grâce qui laissa Idalina admirative.

De son côté, Singrid était à la peine. La crampe était revenue, lui arrachant une grimace.

Elle massa sa cuisse au travers de son pantalon.

Les rayons de la lune rasaient à présent la cime des arbres. L'obscurité gagnait du terrain. Singrid

se retourna. Était-elle le jouet de son imagination ? Ou y avait-il bien quelque chose qui se mouvait là-bas, à la bordure de la forêt ?
Un grondement sourd et sinistre monta des épais fourrés. Une patte. Deux pattes. Et l'animal tout entier émergea de l'ombre. La tête basse et les épaules hautes, les muscles saillants, la gueule ouverte et les yeux fixés sur la petite fille, le loup avançait lentement.
Singrid resta figée, hypnotisée par ce regard de feu. Mais quand le loup fut si près qu'elle vit la blancheur de ses dents, Singrid s'élança vers la dernière zone encore éclairée par la lune. Le milieu du lac.

Elle ne regarda pas derrière elle. La neige crissait sous ses raquettes, un son inhabituel qui aurait dû l'alerter. En dessous, la glace craqua sans se rompre. Pour garder l'équilibre, Singrid plantait fermement la pointe de ses bâtons de ski dans la glace. La répétition des chocs fissura la glace qui s'ouvrit en zigzag avant de céder brusquement. Singrid hurla quand sa jambe droite plongea dans l'eau noire. Elle se débattit pour l'en sortir, ne réussissant qu'à agrandir le trou. Singrid s'enfonça dans l'eau glaciale jusqu'à la taille. Elle se rattrapa à la plaque de glace, qui flottait désormais librement. Malheureusement, la surface lisse ne lui permettait pas de s'y accrocher.

Ses cris perçants poussèrent Alexa, Rajani et Naïma à accélérer. Dans les situations d'urgence, Naïma gardait tout son calme et sa lucidité. Alors, quand Alexa se dirigea droit vers Singrid, elle sut aussitôt qu'elle se mettait en danger.

– NON ! Attends !
Alexa s'immobilisa. Elle faisait confiance à Naïma. Si son amie lui ordonnait d'attendre, elle avait forcément une bonne raison. Elle allait lui demander pourquoi lorsqu'elle aperçut le skieur qui s'approchait. Qui était-ce, celui-là ? Elle fut d'autant plus surprise en reconnaissant Greta.
Les hurlements de Singrid redoublèrent.
Ses vêtements gorgés d'eau et les raquettes pesaient de plus en plus lourd, l'attirant inexorablement vers le fond...
Greta freina à la hauteur de Rajani. Elle se dégagea des skis avant de se débarrasser de son anorak.
Et plus incroyable encore, elle ôta ses grosses chaussures !

– Surtout, ne bougez pas d'ici, dit-elle.
Sous le regard interloqué des trois filles, Greta s'agenouilla puis s'allongea à plat ventre.
Elle n'était pas devenue folle, bien au contraire !
En agissant ainsi, elle répartissait le poids

de son corps sur la glace. Avec un peu de chance, celle-ci résisterait.
Greta glissait sur la couche de neige gelée.
Sa progression était difficile, d'autant plus qu'elle n'avait pas lâché un de ses bâtons de ski.
La glace craqua, donnant un sérieux avertissement à la jeune femme. Elle s'arrêta, calcula la distance qui lui restait à parcourir.
Elle n'avait pas le choix : elle devait continuer.
Idalina et Kumiko arrivèrent à ce moment-là, à bout de souffle.

– Comment on peut les aider ? gémit Rajani.

– On ne peut pas, répondit Naïma.

Greta était presque au bord du trou d'eau.
Elle tendit le bâton vers Singrid.

– Attrape-le ! Attrape-le ! cria-t-elle.

Singrid tenta de saisir l'extrémité du bâton et échoua. Elle essaya de nouveau, sans succès, perdit ses raquettes en se débattant.
Engourdie par le froid et épuisée, elle ferma les yeux et se laissa couler… Une main

empoigna le col de sa parka. Qui aurait pu croire que la délicate Greta était capable de tirer une enfant d'un piège mortel ? Les craquements de la glace étaient si forts qu'on les entendait de la berge. À la lueur des derniers rayons de lune, les Kinra Girls virent Greta sortir Singrid de l'eau puis la traîner à la force du poignet. Alexa sentit une présence derrière elle et se retourna. À l'instant précis où la lune passait derrière les arbres, son regard croisa celui du loup blanc. Et les ténèbres engloutirent tout.

Chapitre 10

Mille fois plus belle

Et tout s'illumina. Une longue bande verte ondula sur le noir d'encre du ciel. Elle se teinta d'un peu de jaune, s'enroula, se déroula, forma une spirale.

– Une aurore boréale ! s'exclama Rajani.

Brièvement distraite, Alexa se rappela brusquement que le loup blanc rôdait alentour. Elle eut beau scruter l'obscurité sous les arbres, elle ne le trouva pas.

Les Kinra Girls tournèrent de nouveau leurs regards vers le lac. Greta ne faiblissait pas et avançait toujours à plat ventre en traînant Singrid.

Un effrayant craquement affola tout

le monde. Greta s'immobilisa. La glace tanguait. Un mouvement malheureux et elles plongeraient toutes les deux dans l'eau. Lentement, elle tira Singrid par sa parka pour la faire passer devant elle. Ensuite elle la poussa en la tenant d'abord par les jambes puis par les bottes. Et là encore, elle la poussa jusqu'à ce que ses bras ne puissent aller plus loin. Et Naïma sut ce qu'il fallait faire. Elle se débarrassa de ses raquettes, demanda à Alexa de l'imiter.

– Tu me retiendras par les pieds, dit-elle.

– J'ai compris, acquiesça Alexa. Vous autres, tenez-vous prêtes !

Naïma s'allongea sur la neige gelée et rampa. Alexa la suivit. Naïma refusa d'écouter les crissements de la glace. Elle fixa toute son attention sur une seule chose : les mains qui se tendaient désespérément vers elle.

Elle attrapa Singrid par les poignets. Elle sentit les doigts d'Alexa se serrer autour de ses chevilles. Et la voix forte et claire de celle-ci qui cria :

– Ho ! Hisse ! les filles ! Tirez, tirez !

Rajani et Kumiko la saisirent chacune par une jambe. La surface glacée présentait au moins l'avantage de leur faciliter la tâche. Naïma se répétait en boucle « Tiens bon, tiens bon... ». Alexa avait une sacrée poigne. Aucun risque qu'elle la lâche ! Et, petit à petit, les trois filles furent remontées jusqu'à la berge. Rajani enleva aussitôt l'anorak trempé de Singrid. Elle n'hésita pas une seconde avant de lui donner le sien. Idalina échangea ses gants secs contre des gants mouillés... qu'elle rangea dans ses poches. Maintenant qu'elle n'avait plus qu'à se préoccuper d'elle, Greta avait repris sa reptation[21]. Elle eut un moment difficile lorsqu'un de ses bras

21. Reptation : action de ramper.

se coinça entre deux plaques de glace brisée. Elle réussit à se dégager et à regagner la rive. Personne n'eut le temps d'avoir peur quand un long hurlement retentit dans la nuit. Idalina sauta sur place de joie.

– C'est Lilla ! C'est Lilla !

C'était surtout Gunnar, son traîneau et cinq chiens. Car Greta avait bien pensé à lui téléphoner. Gunnar ne prit pas la peine de poser de questions. Il souleva Singrid, la déposa dans le sac du traîneau qu'il ferma soigneusement. Voyant que Rajani n'avait plus sa parka, il lui proposa de monter avec lui à l'arrière de l'attelage. La distance était courte jusqu'à la maison. Les chiens étaient assez costauds pour supporter la charge supplémentaire.

Idalina aida Greta à enfiler ses grosses chaussures. Même après avoir remis sa parka, Greta tremblait de froid. Comme elle avait dû abandonner son bâton de ski en cours de route, Naïma lui prêta les siens.

Chapitre 10

Elle n'en avait pas vraiment besoin pour marcher avec les raquettes. Alexa, sans mot dire, continuait de surveiller les fourrés sous les arbres. Le loup blanc s'y était-il caché ? Rien ne bougeait. L'apparition des chiens l'avait sans doute fait fuir.

Enfin, Greta fut prête à partir. En dépit de la fatigue et de ses muscles ankylosés, elle s'élança sur la neige. Sur ses skis de fond, elle filait plus vite que les filles.

Naïma observa l'aurore boréale qui, sans cesse, changeait de forme et de couleur.

Sans sa lumière, aurait-on pu secourir Singrid ? Naïma lui adressa un « merci » silencieux.

Idalina puisa dans son imagination les forces qui lui faisaient défaut. Elle était de nouveau dans

la peau de Lars, le chasseur intrépide. Kumiko gardait le rythme. Elle ne pensait qu'à la tasse de thé brûlant qu'elle se promettait de boire au coin du feu !

Sous le porche de la maison, Gunnar et Rajani les guettaient. Singrid et Greta, transies de froid, étaient montées prendre une douche pour se réchauffer. Quand ses amies arrivèrent, Rajani soupira de soulagement. Alors qu'elle ôtait ses raquettes, Naïma se redressa brusquement et pointa le doigt vers le ciel.

– Oh ! Regardez !

L'aurore boréale vert et jaune s'était teintée d'un peu de violet. Les volutes, les torsades et les bandes dessinaient une gigantesque silhouette aisément reconnaissable.

On ne pouvait s'y tromper : le museau, les oreilles pointues, l'arrondi de la hanche, l'extrémité de la patte et la queue touffue, l'aurore s'était transformée en loup !

– Je rêve… murmura Idalina, émerveillée.

Même Gunnar était fasciné devant

un tel spectacle. Kumiko se précipita à l'intérieur pour récupérer son appareil photo, laissé sur le guéridon. Elle réussit à prendre deux photos. L'aurore boréale, toujours mouvante, tournoya, effaçant l'image du loup.
Il était temps de rentrer. Alexa resta à la traîne. Le loup de lumière avait disparu, certes, mais qu'en était-il du loup blanc ? Les chiens s'étaient allongés sur la neige. Si un loup était dans les parages, ils ne seraient pas aussi calmes. Alexa entendit Rajani qui l'appelait. Elle rentra à son tour.
Le souhait de Kumiko fut exaucé. Un bon feu de bois et du thé brûlant ! Pendant un long moment, le silence régna dans la pièce. Parfois, on ne trouve tout simplement pas les mots.
Et soudain, Singrid, assise par terre, se tourna vers Greta.

– Pourquoi tu m'as sauvée ? dit-elle, abruptement.

Greta ouvrit de grands yeux.

– Pourquoi ? Voyons… c'est… c'est normal !

– Mais tu me détestes ! s'écria Singrid. Tu veux te débarrasser de moi !

Greta se jeta à genoux et la prit dans ses bras.

– Comment as-tu pu croire pareille horreur ?

Singrid se mit à pleurer. Rajani se leva et fit signe aux autres de la suivre. En refermant la porte du salon derrière elle, elle sourit. « Mission accomplie pour les Kinra Girls ! » pensa-t-elle. Elle était sûre que, désormais, tout irait pour le mieux.

Quand elles furent seules, Greta serra Singrid contre son cœur.

– Je ne suis pas très douée avec les enfants, avoua-t-elle.

– C'est le moins qu'on puisse dire, répondit Singrid.

Le rire se mêla un instant aux larmes.

– Tu veux bien m'adopter ? demanda Greta, presque timidement.

– Oui, si tu m'adoptes aussi... bredouilla Singrid, la voix brisée par l'émotion.

– Alors, c'est d'accord.

Où était passée la Reine des neiges, arrogante et égoïste ? Peut-être gisait-elle à présent au fond des eaux noires du lac.
Singrid contempla le visage de la jeune femme. Décoiffée et sans maquillage, Greta lui parut mille fois plus belle.

Mais voilà une chose fort étrange : personne, jamais, ne revit le loup blanc.

VOCABULAIRE

Adjö (en suédois) :
« au revoir » (se prononce « ayeu »).

Farfar (en suédois) :
« grand-père », « papi »
(se prononce « feurfeur »).

Fika (en suédois) :
pause café ou goûter,
souvent composé de café et de gâteaux,
que l'on prend parfois plusieurs
fois par jour.

God dag, jag heter (en suédois) :
« Bonjour, je m'appelle »
(se prononce « gou dag, ya héteur »).

Ja (en suédois) :
« oui » (se prononce « ya »).

Joik (en sami) :
chant dans la culture sami.

Kanelbullar (au pluriel),
Kanelbulle (au singulier), (en suédois) :
roulé(s) à la cannelle.

Lapon (en sami) :
« porteur de haillons ».

Noaidi (en sami) :
chaman, sorcier
(se prononce « no-è-di »).

Same (en sami) :
« fils du soleil ».

Sunkmanitu (en lakota) :
coyote.

Tack (en suédois) :
« merci » (se prononce « takk »).

Team dogs (en anglais) :
« chien d'équipe »
dans les grands attelages.

Wheel (en anglais) :
« roue ».

Wheel dogs (en anglais) :
chiens les plus puissants dans un attelage.

POUR EN SAVOIR PLUS...

LES SAMIS

Le peuple Sami vit sur une zone nordique qui couvre quatre pays : la Norvège, la Suède, la Finlande et la presqu'île de Kola, en Russie. C'est un peuple autochtone. Cela signifie que leurs ancêtres vivaient déjà là il y a plus de dix mille ans, mais que depuis, d'autres habitants sont arrivés avec leur propre langue, leur propre culture et se sont imposés face aux Samis. Aujourd'hui, on pense qu'il y a environ 100 000 Samis dans toute cette région.

Quand on parle des Samis, on utilise parfois le mot « lapons » qui veut dire « porteurs de haillons » en suédois. C'est pourquoi il est déconseillé d'utiliser ce terme qui est une insulte pour ce peuple. Le mot « Same » signifie « fils du soleil ». Les Samis appellent leur pays Sapmi. Mais le nom « Laponie » est toujours utilisé sur les cartes et dans les livres.

LE MARIAGE SAMI

Le mariage est une tradition importante chez les Samis. Une fois marié, un couple peut par exemple avoir de nouveaux terrains pour leurs rennes, ou profiter d'association d'aide aux éleveurs.

La cérémonie a généralement lieu en hiver car c'est une saison où les troupeaux demandent moins de soins que le reste de l'année.

Dans la culture Sami, pour demander une fille en mariage, le garçon doit lui offrir un bijou en or. Il existe une autre coutume, plus amusante : le jeune homme doit voler les moufles de la jeune fille qu'il veut épouser. La jeune fille a le droit de lui rendre la tâche plus difficile, en cachant ses moufles par exemple ! Le jour du mariage, le marié porte ses plus beaux vêtements et arrive dans un traîneau tiré par des rennes. Une fois marié, il embrasse sa femme en frottant son nez contre le sien.

POUR EN SAVOIR PLUS…

LES AURORES POLAIRES

Le Soleil souffle en permanence vers la Terre des vents chargés de particules électriques. Quand ces particules arrivent à environ 100 kilomètres de la Terre, elles se heurtent dans l'atmosphère. Le choc provoque des phénomènes lumineux : les aurores polaires.
C'est près des pôles qu'il y a le plus d'aurores. On les appelle « aurores boréales » au nord, et « aurores australes » au sud.

Les aurores polaires peuvent avoir des formes variées : voiles, rideaux, tourbillons, rayons…
Elles sont visibles la nuit quand il n'y a pas de nuages et durent parfois plus de dix minutes. Elles sont souvent vertes, mais peuvent aussi passer au violet, au rouge, au jaune…
De nombreuses légendes existent sur les aurores polaires. Les Samis pensent qu'elles sont créées par un renard arctique. Quand le renard court, sa queue balaierait la neige, faisant ainsi jaillir des étincelles !

POUR EN SAVOIR PLUS...

LES ANIMAUX DU PÔLE NORD

LE RENNE

Il vit près des pôles : en Russie, au Groenland, en Suède, au Canada... Les peuples du Nord (Samis, Inuits...) utilisent le renne comme animal de trait (pour tirer des traîneaux par exemple). Ils l'élèvent aussi pour son lait et pour sa viande.
Dans la famille des cervidés (élan, cerf, chevreuil), le renne est le seul dont la femelle possède des bois. Ces bois se renouvellent chaque année. Ils tombent à l'automne et repoussent ensuite.

© iStock / 4FR

LE LOUP ARCTIQUE

Aussi appelé loup blanc, ou loup polaire, il est plus petit que les autres espèces de loups. L'été, le loup arctique est beige et noir. C'est en hiver que son pelage devient blanc et plus épais : ainsi, il peut se camoufler dans la neige, tout en étant protégé du froid. Il vit dans le nord du Canada, en Alaska et au Groenland. Il attaque les élans, les caribous, les bœufs musqués…

© iStock / sarkophoto

LE BŒUF MUSQUÉ

Ce gros animal est protégé du froid par ses longs poils, qui mesurent jusqu'à 60 cm et touchent le sol. Sa laine est plus fine que le cachemire, ce qui lui vaut le surnom inuit de *omingmak*, qui signifie « l'animal dont la fourrure est comme une barbe ». Il vit à l'extrême nord du Canada et au Groenland.

LE RENARD POLAIRE

Le renard polaire, aussi appelé renard isatis, vit dans des régions très froides, près du pôle nord. Il peut résister à des températures allant jusqu'à – 50 ° C. Sa fourrure est très épaisse. Elle est gris-brun en été et devient complètement blanche en hiver, ce qui lui permet de passer inaperçu sur la neige ou la glace. Il vit généralement en couple, et la femelle peut avoir jusqu'à dix petits par portée.

LE CODE MULLEE MULLEE

La présence d'un accessoire (drapeau, étoile, fleur…) indique le début d'un mot.

Au secours Danger Tout va bien

Bora = réunion secrète.

Borakawa = rendez-vous au moulin.

0% = attention, les pestes sont dans le coin.

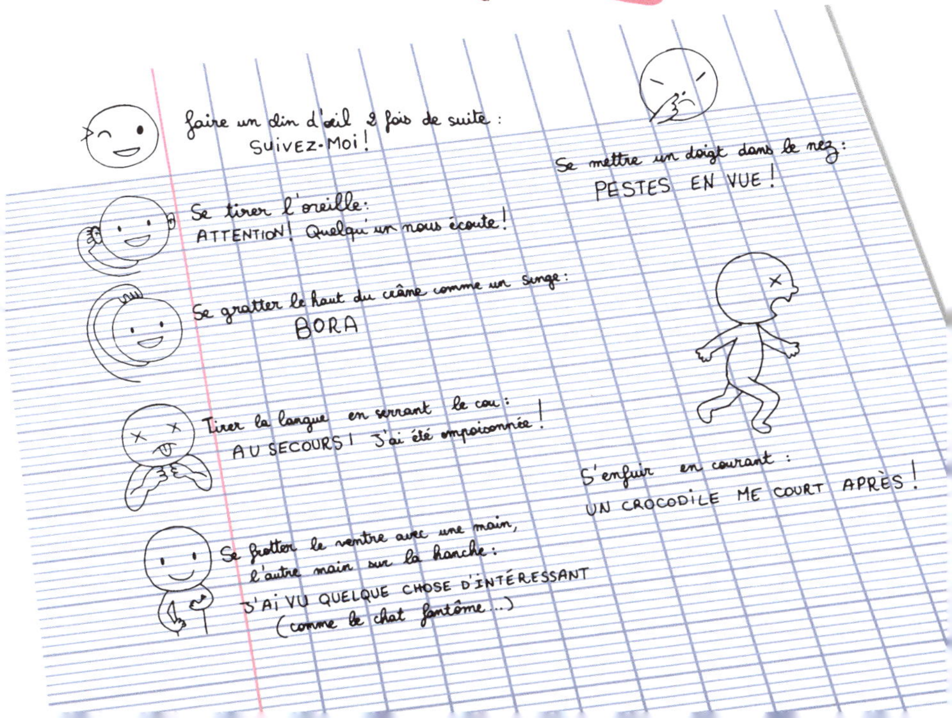

Découvre comment les Kinra Girls
sont devenues amies et suis leurs aventures
à l'Académie Bergström.

Amitié et mystères sont au rendez-vous !

**Dans chaque tome,
un marque-page inédit en cadeau !**

Découvre également les origines et la passion de chacune des Kinra Girls.

Hors-série : les aventures inédites des Kinra Girls en grand-format.

Destination mystère : voyage à travers le monde et enquête avec les Kinra Girls !

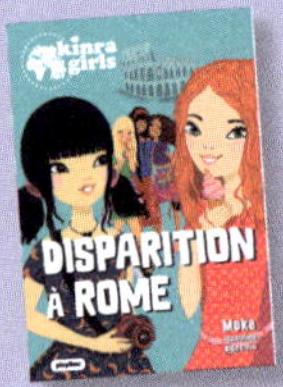

Disparition à Rome

1

Énigme dans l'Orient-Express

2

Danger dans la jungle

3

Un marque-page + une enveloppe et son message à décoder dans chaque tome !

Le fantôme de Venise

4

La prisonnière de la tour

5

Deviens l'héroïne d'un roman Kinra Girls. Tes choix, en fin de chapitre, influencent la suite de l'histoire !

Une mystérieuse malédiction

1

Les Kinra Girls sont aussi en BD !
Redécouvre leur rencontre ainsi que
des histoires inédites !

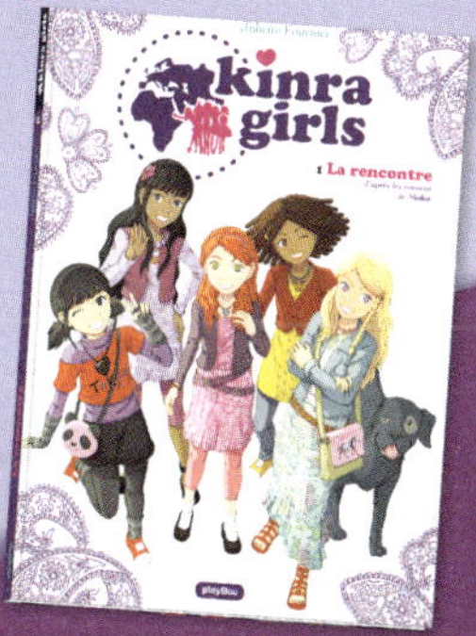

La rencontre

1

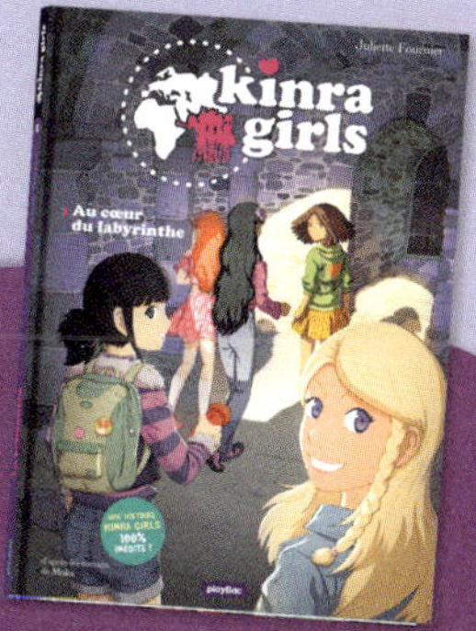

Au cœur
du labyrinthe

2

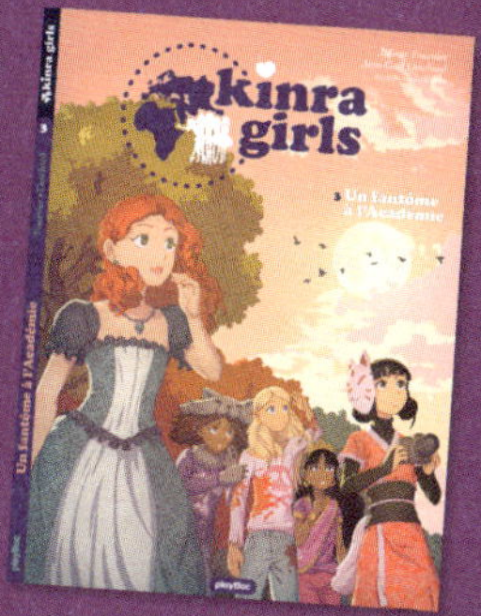

Un fantôme
à l'Académie

3

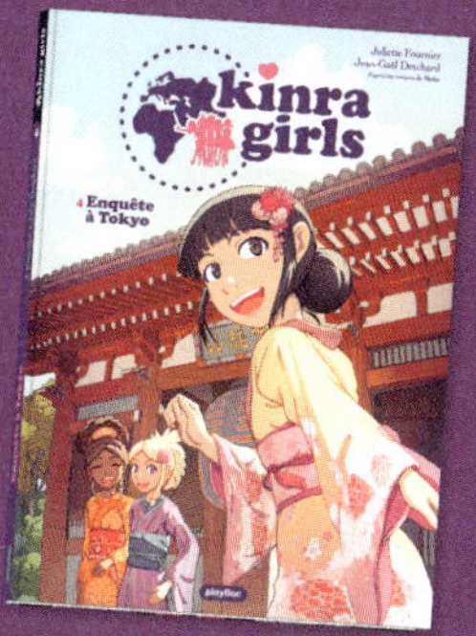

Enquête à Tokyo

4

www.kinragirlsforever.com
ACTUS • BONUS • FAN CLUB

ome 10

ui se cache au collège ?

Tome 11

Viva España !

Tome 12

Cauchemar au collège

ome 13

li se rebelle

Tome 14

À nous Paris !

Tome 15

Petit complot à Rome

ome 16

usqu'où va la vengeance

Tome 17

Coup de théâtre au collège

Tome 18

À paraître (septembre 2019)

ISBN : 9782809677843.
Dépôt légal : octobre 2021.
Imprimé en Bosnie-Herzégovine chez GPS.

Loi n° 49-956 du 16 juillet 1949 sur
les publications destinées à la jeunesse.

FSC
www.fsc.org
MIXTE
Papier issu
de sources
responsables
FSC® C110418

Mise en page : Aurélie Buridans.
Mise au point de la maquette : Cédric Gatillon.
IGS-CP pour la photogravure.

Nous tenons à remercier pour leur contribution à cet ouvrage :
M. Baudry, J.-L. Broust, A. Buridans, A.-S. Congar, J. Courteboeuf, M. Dezalys, M. Joron, L. Maj, K. Marigliano, L. Pommet, F. Ramette, C. Schram, M. Seger, V. Sem, N. Tran.